A UN DINER D'ATHÉES

JULES BARBEY D'AUREVILLY

Copyright pour le texte et la couverture ©
2023 Culturea
Edition : Culturea (culurea.fr), 34 Hérault
Contact : infos@culturea.fr
Impression : BOD, Norderstedt (Allemagne)
ISBN :9791041813643
Date de publication : juillet 2023
Mise en page et maquettage :
https://reedsy.com/
Cet ouvrage a été composé avec la police
Bauer Bodoni

Ceci est digne de gens sans Dieu.

(ALLEN.)

Le jour tombait depuis quelques instants dans les rues de la ville de ***. Mais, dans l'église de cette petite et expressive ville de l'Ouest, la nuit était tout à fait venue. La nuit avance presque toujours dans les églises. Elle y descend plus vite que partout ailleurs, soit à cause des reflets sombres des vitraux, quand il y a des vitraux, soit à cause de l'entrecroisement des piliers, si souvent comparés aux arbres des forêts, et aux ombres portées par les voûtes. Cette nuit des églises, qui devance un peu la mort définitive du jour au-dehors, n'en fait guère nulle part fermer les portes. Généralement, elles restent ouvertes, l'Angelus sonné, - et même quelquefois très tard, la veille des grandes fêtes par exemple, dans les villes dévotes, où l'on se confesse en grand nombre pour les communions du lendemain. Jamais, à aucune heure de la journée, les églises de province ne sont plus hantées par ceux qui les fréquentent qu'à cette heure vespérale où les travaux cessent, où la lumière agonise, et où l'âme chrétienne se prépare à la nuit, - à la nuit qui ressemble à la mort et pendant laquelle la mort peut venir. A cette heure-là, on sent vraiment très bien que la religion chrétienne est la fille des catacombes et qu'elle a toujours quelque chose en elle des mélancolies de son berceau. C'est à ce moment, en effet, que ceux qui croient encore à la prière aiment à venir s'agenouiller et s'accouder, le front dans leurs mains, en ces nuits mystérieuses des nefs vides, qui répondent certainement au plus profond besoin de l'âme humaine, car si pour nous autres mondains et passionnés, le tête-à-tête en cachette avec la femme aimée nous paraît plus intime et plus troublant dors les ténèbres, pourquoi n'en serait-il pas de même pour les âmes religieuses avec Dieu, quand il fait noir devant ses tabernacles, et qu'elles lui parlent, de bouche à oreille, dans l'obscurité?

Or, c'est ainsi qu'elles semblaient lui parler dans l'église de *** ce jour-là, les âmes pieuses qui y étaient venues faire leurs prières du soir, selon leur coutume. Quoique dans la ville, grise d'un crépuscule brumeux d'automne, les réverbères ne fussent pas encore allumés - ni la petite lampe grillagée de la statue de la Vierge, qu'on voyait à la façade de l'hôtel des dames de la Varengerie, et qui n'y est plus à présent, - il y avait plus de deux heures que les

2/52

Vêpres étaient finies, - car c'était dimanche, ce jour-là, - et le nuage d'encens qui forme longtemps un dais bleuâtre dans l'en-haut des voûtes du choeur, après les Offices, s'y était évaporé. La nuit, épaisse déjà dans l'église, y étalait sa grande draperie d'ombre qui semblait, comme un voile tombant d'un mât, déferler des cintres. Deux maigres cierges, perchés au tournant de deux piliers de la nef, assez éloignés l'un de l'autre, et la lampe du sanctuaire, piquant sa petite étoile immobile dans le noir du choeur, plus profond que tout ce qui était noir à l'entour, faisaient ramper sur les ténèbres qui noyaient la nef et les bas-côtés, une lueur fantomale plutôt qu'une lumière. A cette filtration de clarté incertaine, il était possible de se voir douteusement et confusément, mais il était impossible de se reconnaître. On apercevait bien, ici et là, dans les pénombres, des groupes plus opaques que les fonds sur lesquels ils se détachaient vaguement, - des dos courbés, - quelques coiffes blanches de femmes du peuple agenouillées par terre, - deux ou trois mantelets qui avaient baissé leurs capuchons ; mais c'était tout. On s'entendait mieux qu'on ne se voyait. Toutes ces bouches qui priaient à voix basse, dans ce grand vaisseau silencieux et sonore, et par le silence rendu plus sonore, faisaient ce susurrement singulier qui est comme le bruit d'une fourmilière d'âmes, visibles seulement à l'oeil de Dieu. Ce susurrement continu et menu, coupé, par intervalles, de soupirs, ce murmure labial, - si impressionnant dans les ténèbres d'une église muette, - n'était troublé par rien, si ce n'est, parfois, par une des portes des bas-côtés, qui roulait sur ses gonds et claquait en se refermant derrière la personne qui venait d'entrer ;

- le bruit alerte et clair d'un sabot qui longeait l'orée des chapelles ;

- une chaise qui, heurtée dans l'obscurité, tombait ;

- et, de temps en temps, une ou deux toux, de ces toux retenues de dévotes qui les musiquent et qui les flûtent, par respect pour les saints échos de la maison du Seigneur. Mais ces bruits qui n'étaient que le passage rapide d'un son, n'interrompaient pas ces âmes attentives et ferventes dans le train-train de leurs prières et l'éternité de leur susurrement.

Et voilà pourquoi, de ce groupe de fidèles, recueillis et rassemblés chaque soir dans l'église de ***, aucun ne prit garde à un homme qui en eût assurément étonné plus d'un, s'il avait fait assez de jour ou de clarté pour qu'il fût possible de le reconnaître. Ce n'était pas, lui, un hanteur d'église. On ne l'y voyait jamais. Il n'y avait pas mis le pied depuis qu'il était revenu, après des années d'absence, habiter momentanément sa ville natale. Pourquoi donc y entrait-il ce soir-là?... Quel sentiment, quelle idée, quel projet l'avait décidé à franchir le seuil de cette porte, devant laquelle il passait plusieurs fois par jour comme si elle n'eût pas existé?... C'était un homme haut en tout, qui avait dû courber sa fierté autant que sa grande taille pour passer sous la petite porte basse cintrée, et verdie par les humidités de ce pluvieux climat de l'Ouest, et qu'il avait prise pour entrer.

Il ne manquait pas, après tout, de poésie dans sa tête de feu.

Quand il entra dans ce lieu, qu'il avait probablement désappris, fut-il frappé de l'aspect presque tombal de cette église, qui, de construction, ressemble à une crypte, car elle est plus basse que le pavé de la place sur laquelle elle est bâtie, et son portail, à escalier intérieur de quelques marches, plus élevé que le maître-autel?... Il n'avait pas lu sainte Brigitte.

S'il l'avait lue, il aurait, en entrant dans cette atmosphère nocturne, pleine de mystérieux chuchotements, pensé à la vision de son purgatoire, à ce dortoir, morne et terrible, où l'on ne voit personne et où l'on entend des voix basses et des soupirs qui sortent des murs... Quelle que fût, du reste, son impression, toujours est-il qu'il s'arrêta, peu sûr de lui-même et de ses souvenirs, s'il en avait, au milieu de la contre-allée dans laquelle il s'était engagé. Pour qui l'eût observé, il cherchait évidemment quelqu'un ou quelque chose, qu'il ne trouvait pas dans ces ombres... Cependant, quand ses yeux s'y furent un peu faits et qu'il put retrouver autour de lui les contours des choses, il finit par apercevoir une vieille mendiante, croulée, plutôt qu'agenouillée, pour dire son chapelet, à l'extrémité du banc des pauvres, et il lui demanda, en la touchant à l'épaule, la chapelle de la Vierge et le confessionnal d'un prêtre de la paroisse qu'il lui nomma. Renseigné par cette vieille habituée du banc des pauvres qui, depuis cinquante ans peut-être, semblait faire partie du mobilier de l'église de *** et lui appartenir autant que les marmousets de ses gargouilles, l'homme en question arriva, sans trop d'encombre, à travers les chaises dérangées et dispersées par les Offices de la journée, et se planta juste debout devant le confessionnal qui est au bout de la chapelle.

Il y resta les bras croisés, comme les ont presque toujours, dans les églises, les hommes qui n'y viennent pas pour prier et qui veulent pourtant y avoir une attitude convenable et grave. Plusieurs dames de la congrégation du Saint-Rosaire alors en oraison autour de cette chapelle, si elles avaient remarqué cet homme n'auraient pu le distinguer autrement que par je ne dirai pas l'impiété mais la non piété de son attitude. D'ordinaire, il est vrai, les soirs de confession, il y avait auprès de la quenouille de la Vierge, ornée de ses rubans, un cierge tors de cire jaune allumé et qui éclairait la chapelle ; mais, comme on avait communié en foule le matin et qu'il n'y avait plus personne au confessionnal, le prêtre de ce confessionnal, qui y faisait solitairement sa méditation, en était sorti, avait éteint le cierge de cire jaune, et était rentré dans son espèce de cellule en bois pour y reprendre sa méditation, sous l'influence de cette obscurité qui empêche toute distraction extérieure et qui féconde le recueillement. Était-ce ce motif, était-ce hasard, caprice, économie ou quelque autre raison de ce genre, qui avait déterminé l'action très simple de ce prêtre? Mais, à coup sûr, cette circonstance sauva l'incognito, s'il tenait à le garder, de l'homme entré dans la chapelle, et qui, d'ailleurs, n'y demeura que peu d'instants... Le prêtre, qui avait éteint son cierge avant son arrivée, l'ayant aperçu à travers les barreaux de sa porte à claire-voie, rouvrit toute grande cette porte, sans quitter le fond du confessionnal dans lequel il était assis ; et l'homme, décroisant ses bras, tendit au prêtre un objet indiscernable qu'il avait tiré de sa poitrine:

"Tenez, mon père! dit-il d'une voix basse, mais distincte. Voilà assez longtemps que je le traîne avec moi! "

Et il n'en fut pas dit davantage. Le prêtre, comme s'il eût su de quoi il s'agissait, prit l'objet et referma tranquillement la porte de son confessionnal. Les dames de la congrégation du Saint-Rosaire crurent que l'homme qui avait parlé au prêtre allait s'agenouiller et se confesser, et furent extrêmement étonnées de le voir descendre le degré de la chapelle d'un pied leste, et regagner la contre-allée par où il était venu.

Mais, si elles furent surprises, il fut encore plus surpris qu'elles car, au beau milieu de cette contre-allée qu'il remontait pour sortir de l'église, il fut saisi brusquement par deux bras vigoureux, et un rire, abominablement scandaleux dans un lieu si saint, partit presque à deux pouces de sa figure.

Heureusement pour les dents qui riaient qu'il les reconnut, si près de ses yeux!

" Sacré nom de Dieu! fit en même temps le rieur à mi-voix, mais pas de manière cependant qu'on n'entendît pas, près de là, le blasphème et l'autre irrévérente parole, qu'est-ce que tu fous donc, Mesnil, dans une église, à pareille heure? Nous ne sommes plus en Espagne, comme au temps où nous chiffonnions si joliment les guimpes des religieuses d'Avila. " Celui qu'il avait appelé " Mesnil " eut un geste de colère.

" Tais-toi! dit-il, en réprimant l'éclat d'une voix qui ne demandait qu'à retentir. Es-tu ivre?... Tu jures dans une église comme dans un corps de garde. Allons! pas de sottises! et sortons d'ici décemment tous deux. " Et il doubla le pas, enfila, suivi de l'autre, la petite porte basse, et quand, dehors et à l'air libre de la rue, ils eurent pu reprendre la plénitude de leur voix:

" Que tous les tonnerres de l'enfer te brûlent, Mesnil! continua l'autre, qui paraissait comme enragé. Vas-tu donc te faire capucin?... Vas-tu donc manger de la messe?... Toi, Mesnilgrand, toi, le capitaine de Chamboran, comme un calotin, dans une église!

- Tu y étais bien, toi! dit Mesnil, avec tranquillité.

- J'y étais pour t'y suivre. Je t'ai vu y entrer, plus étonné de ça, ma parole d'honneur, que si j'avais vu violer ma mère.

Je me suis dit: " Qu'est-ce donc qu'il va faire dans cette grange à prótraille?... " Puis j'ai pensé qu'il y avait quelque damnée anguille de jupe sous roche, et j'ai voulu voir pour quelle grisette ou pour quelle grande dame de la ville tu y allais.

- Je n'y suis allé que pour moi seul, mon cher, dit Mesnil, avec l'insolence froide du plus complet mépris, de ce mépris qui se soucie bien de ce qu'on pense.

- Alors, tu m'étonnes plus diablement que jamais!

- Mon cher, reprit Mesnil, en s'arrêtant, les hommes... comme moi, n'ont été faits, de toute éternité, que pour étonner les hommes... comme toi. " Et, tournant le dos et hâtant le pas, comme quelqu'un qui n'entend pas être suivi, il monta la rue de Gisors et regagna la place Thurin, dans un des angles de laquelle il demeurait.

Il demeurait chez son père, le vieux M. de Mesnilgrand, comme on l'appelait par la ville, quand on en parlait. C'était un vieillard riche et avare (prétendait-on), dur à la détente, - c'était le mot dont on se servait, - qui depuis de longues années vivait retiré de toutes compagnies, excepté pendant les trois mois que son fils, qui habitait Paris, venait passer dans la ville de ***. Alors, ce vieux M. de Mesnilgrand, qui ne voyait pas un chat d'ordinaire, se mettait à inviter et à recevoir les anciens amis et camarades de régiment de son fils et à se gaver de ces somptueux dîners d'avare, à faire partout, disaient les rabelaisiens de l'endroit, fort malproprement et fort ingratement aussi, car la chère (cette chère de vilain vantée par les proverbes) y était excellente.

Pour vous en donner une idée, il y avait, à cette époque-là, dans la ville de ***, un fameux receveur particulier des finances, qui avait, quand il y arriva, produit l'effet d'un carrosse à six chevaux entrant dans une église. C'était un assez mince financier que ce gros homme, mais la nature s'était amusée à en faire, de vocation, un grand cuisinier.

On racontait qu'en 1814 il avait apporté à Louis XVIII, détalant vers Gand, d'une main la caisse de son arrondissement, et de l'autre un coulis de truffes qui semblait avoir été cuisiné par les sept diables des péchés capitaux, tant il était délicieux ; Louis XVIII avait, comme de juste, pris la caisse sans dire seulement merci ; mais, de reconnaissance pour le coulis, il avait orné l'estomac prépotent de ce maître queux de génie, poussé en pleines finances, de son grand cordon noir de Saint-Michel, qu'on n'accordait guère qu'à des savants ou à des artistes. Avec ce large cordon moiré, toujours plaqué sur son gilet blanc, et son crachat d'or allumant sa bedaine, ce Turcaret de M. Deltocq (il s'appelait Deltocq), qui, les jours de Saint-Louis, portait l'épée et l'habit de velours à la française, orgueilleux et insolent comme trente-six cochers anglais poudrés d'argent, et qui croyait que tout devait céder à l'empire de ses sauces, était pour la ville de *** un personnage de vanité et de faste presque solaire... Eh bien, c'est avec ce haut personnage dînatoire, qui se vantait de pouvoir faire quarante-neuf potages maigres d'espèces différentes, mais qui ne savait pas combien il en pouvait faire de gras, - c'était l'infini! - que la cuisinière du vieux M. de Mesnilgrand luttait, et à qui elle donnait des inquiétudes, pendant le séjour à *** de son fils! au vieux M. de Mesnilgrand!

Il en était fier de son fils ; mais aussi, il en était triste, ce grand vieillard de père, et il y avait de quoi! Son jeune homme, comme il l'appelait, quoiqu'il eût quarante ans passés, avait eu la vie brisée du même coup qui avait mis l'Empire en miettes et renversé la fortune de Celui qui alors n'était plus que l'EMPEREUR, comme s'il avait perdu son nom dans sa fonction et dans sa gloire! Parti comme vélite à dix-huit ans, de l'étoffe dans laquelle se taillaient les maréchaux à cette époque, le fils Mesnilgrand avait fait les guerres de l'Empire, ayant sur son colback tous les panaches de l'espérance ; mais le tonnerre final de Waterloo avait brûlé jusqu'à ras de terre ses dernières ambitions. Il était de ceux que la Restauration ne reprit pas à son service, parce qu'ils n'avaient pu résister à la fascination du retour de l'île d'Elbe, qui fit oublier leurs serments aux hommes les plus forts, comme s'ils avaient perdu leur libre arbitre. Le chef d'escadron Mesnilgrand, celui dont les officiers de Chamboran, ce régiment romanesquement brave, disaient: " On peut être aussi brave que Mesnilgrand ; mais davantage, c'est impossible! " vit de ses camarades de régiment, qui n'avaient pas des états de service comparables aux siens, devenir, à sa moustache, colonels des plus beaux régiments de la Garde Royale ; et, quoiqu'il ne fût pas jaloux, ce lui fut une cruelle angoisse... C'était une nature de l'intensité la plus redoutable. La discipline militaire d'un temps où elle fut presque romaine, fut seule capable d'endiguer les passions de ce violent qui - de ses passions inexprimablement terribles avait révolté sa ville natale avant dix-huit ans, et failli mourir. Avant dix-huit ans, en effet, des excès de femmes, des excès insensés, lui avaient donné une maladie nerveuse, une espèce de tabes dorsal pour lequel il avait fallu lui brûler la colonne vertébrale avec des moxas. Cette médication effrayante qui épouvanta la ville de *** comme ses excès l'avaient épouvantée, fut un genre de supplice exemplaire dont les pères de famille de la ville infligèrent la vue à leurs fils, pour les moraliser, comme on moralise les peuples par la terreur. Ils les menèrent voir brûler le jeune Mesnilgrand, qui n'échappa aux morsures du feu, dirent les médecins, que grâce à une organisation d'enfer ; c'était le mot puisqu'elle avait si bien résisté à la flamme. Aussi quand, avec cette organisation si prodigieusement exceptionnelle, qui, après les moxas, résista plus tard aux fatigues, aux blessures et à tous les fléaux qui puissent fondre sur un homme de guerre, Mesnilgrand, robuste encore, se vit, en pleine maturité, sans le grand avenir militaire qu'il avait rêvé, sans but désormais, les bras cassés et l'épée clouée au fourreau, ses sentiments s'exaspérèrent jusqu'à la fureur la plus aiguë... S'il fallait, pour le faire comprendre, chercher dans l'histoire un homme à qui comparer Mesnilgrand, on serait obligé de remonter jusqu'au fameux Charles le Téméraire, duc de Bourgogne.

Un moraliste ingénieux, préoccupé du non-sens de nos destinées, a pour l'expliquer, prétendu que les hommes ressemblent à des portraits dont les uns ont la tête ou la poitrine coupée par leurs cadres, sans proportion avec leur grandeur naturelle, et dont les autres disparaissent, rapetissés et réduits à l'état de nains par l'absurde immensité du leur. Mesnilgrand, fils d'un simple hobereau bas-normand, qui devait mourir dans l'obscurité de la vie privée, après avoir manqué la grande gloire historique pour laquelle il était né, se rencontra avoir, - et pour quoi en faire? - l'épouvantante puissance de furie continue, d'envenimement et d'ulcération enragée, qu'avait ce Téméraire, que l'histoire appelle aussi le Terrible. Waterloo, qui l'avait jeté sur le pavé, fut pour lui, en une fois, ce que Granson et Morat avaient été, en deux, pour cette foudre humaine qui s'éteignit dans les neiges de Nancy. Seulement, il n'y eut pas de neige et de Nancy pour Mesnilgrand, le chef d'escadron dégommé, comme disent les gens qui déshonorent tout, avec leur bas vocabulaire. A cette époque, on crut qu'il se tuerait, ou qu'il deviendrait fou. Il ne se tua point, et sa tête résista. Il ne devint pas fou. Il l'était déjà, dirent les rieurs, car il y a toujours des rieurs. S'il ne se tua pas, - et, sa nature étant donnée, ses amis auraient pu lui demander mais ne lui demandèrent pas pourquoi, - il n'était pas homme à se laisser manger le coeur par le vautour, sans essayer d'écraser le bec du vautour.

Comme Alfieri, cet incroyable volontaire d'Alfieri, qui ne sachant rien que dompter des chevaux, apprit le grec à quarante ans et fit même des vers grecs, Mesnilgrand se jeta, ou plutôt se précipita dans la peinture, c'est-à-dire dans ce qu'il y avait de plus éloigné de lui, exactement comme on monte au septième étage pour se tuer mieux, en tombant de plus haut, quand on veut se jeter par la fenêtre. Il ne savait pas un mot de dessin, et il devint peintre comme Géricault, qu'il avait, je crois, connu aux Mousquetaires. Il travailla... avec la furie de la fuite devant l'ennemi, disait-il, avec un rire amer, exposa, fit éclat, n'exposa plus, crevant ses toiles après les avoir peintes, et recommençant de travailler avec un infatigable acharnement. Cet officier, qui avait toujours vécu le bancal à la main, emporté par son cheval à travers l'Europe, passa sa vie piqué devant un chevalet, sabrant la toile de son pinceau, et tellement dégoûté de la guerre, - le dégoût de ceux qui adorent! - que ce qu'il peignait le plus, c'étaient des paysages, des paysages comme ceux qu'il avait ravagés. Tout en les peignant, il mâchait je ne sais quel mastic d'opium, mêlé au tabac qu'il fumait jour et nuit, car il s'était fait construire une espèce de houka de son invention, dans lequel il pouvait fumer, même en dormant. Mais ni les narcotiques, ni les stupéfiants, ni aucun des poisons avec lesquels l'homme se paralyse et se tue en détail, ne purent endormir ce monstre de fureur, qui ne s'assoupissait jamais en lui et qu'il appelait le crocodile de sa fontaine, un crocodile phosphorescent dans une fontaine de feu!

D'aucuns, qui le connaissaient mal, le crurent longtemps carbonaro. Mais pour ceux qui le connaissaient mieux, il y avait trop de déclamation et de libéralisme bête dans le carbonafisme, pour qu'un homme aussi absolu tombât dans des niaiseries qu'il jugeait avec la ferme judiciaire de son pays. Et de fait, en dehors de ses passions, dont l'extravagance avait été quelquefois sans limites, il avait le sentiment net de la réalité qui distingue les hommes de race normande.

Il ne donna jamais dans l'illusion des conspirations. Il avait prédit au général Berton sa destinée. D'un autre côté, les idées démocratiques sur lesquelles les Impérialistes s'appuyèrent sous la Restauration, pour mieux conspirer, lui répugnaient d'instinct. Il était profondément aristocrate. Il ne l'était pas seulement de naissance, de caste, de rang social ; il l'était de nature, comme il était lui, et pas un autre, et comme il l'eût été encore, aurait-il été le dernier cordonnier de sa ville. Il l'était enfin, comme dit Henri Heine, " par sa grande manière de sentir ", et non point bourgeoisement, à la façon des parvenus qui aiment les distinctions extérieures. Il ne portait pas ses décorations. Son père, le voyant à la veille de devenir colonel, quand s'écroula l'Empire, lui avait constitué un majorat de baron ; mais il n'en prit jamais le titre, et, sur ses cartes et pour tout le monde, il ne fut que "le chevalier de Mesnilgrand". Les titres, vidés des priviléges politiques dont ils étaient bourrés autrefois, et qui en faisaient de vraies armes de guerre, ne valaient pas plus à ses yeux que des écorces d'orange quand l'orange n'y est plus, et il s'en moquait bien, même devant ceux qui les respectaient. Il en donna la preuve, un jour dans cette petite ville de ***, entichée de noblesse, où les anciens seigneurs terriens du pays, ruinés et volés par la Révolution, avaient, peut-être pour se consoler, l'inoffensive manie de s'attribuer entre eux des titres de comte et de marquis, que leurs familles très anciennes, et n'ayant nul besoin de cela pour être très nobles, n'avaient jamais portés. Mesnilgrand, qui trouvait cette usurpation ridicule, prit un moyen hardi pour la faire cesser. Un soir de réunion dans une des maisons les plus aristocratiques de la ville, il dit au domestique:

"Annoncez le duc de Mesnilgrand." Et le domestique, étonné, annonça d'une voix de Stentor: " Monsieur le duc de Mesnilgrand! " Ce fut un haut-le-corps général. " Ma foi, dit-il, voyant l'effet qu'il avait produit, en tant que tout le monde se donne un titre, j'ai mieux aimé prendre celui-là ! " On ne souffla mot. Et même quelques-uns de bonne humeur se mirent à rire dans les petits coins ; mais on ne recommença plus. Il y a toujours des chevaliers errants dans le monde. Ils ne redressent plus les torts avec la lance, mais les ridicules avec la raillerie, et Mesnilgrand était de ces chevaliers-là.

Il avait le don du sarcasme. Mais ce n'était pas le seul don que le Dieu de la force lui eût fait. Quoique, dans son économie animale, le caractère fût sur le premier plan, comme chez presque tous les hommes d'action, l'esprit, resté en seconde ligne, n'en était pas moins, pour lui et contre les autres, une puissance. Nul doute que si le chevalier de Mesnilgrand avait été un homme heureux, il n'eût été très spirituel ; mais, malheureux, il avait des opinions de désespéré et, quand il était gai, chose rare, en seconde ligne, n'en était pas moins, pour une gaieté de désespéré ; et rien ne casse mieux que la pensée fixe du malheur le kaléidoscope de l'esprit et ne l'empêche mieux de tourner, en éblouissant.

Seulement, ce qu'il avait par-dessus tout, c'était avec les passions qui fermentaient dans son sein, une extraordinaire éloquence. Le mot qu'on a dit de Mirabeau et qu'on peut dire de tous les orateurs: " Si vous l'eussiez entendu!... " semblait fait spécialement pour lui. Il fallait le voir, à la moindre discussion, sa poitrine de volcan soulevée, passant du pâle à un pâle plus profond, le front labouré de houles de rides, - comme la mer dans l'ouragan de sa colère, - les pupilles jaillissant de leur cornée, comme pour frapper ceux à qui il parlait, - deux balles flamboyantes! Il fallait le voir haletant, palpitant, l'haleine courte, la voix plus pathétique à mesure qu'elle se brisait davantage, l'ironie faisant trembler l'écume sur ses lèvres, longtemps vibrantes après qu'il avait parlé, plus sublime d'épuisement, après ces accès, que Talma dans Oreste, plus magnifiquement tué et cependant ne mourant pas, n'étant pas achevé par sa colère, mais la reprenant le lendemain, une heure après, une minute après, phénix de fureur, renaissant toujours de ses cendres!... Et en effet, n'importe à quel moment on touchât à de ceroeines cordes, immortellement tendues en lui, il s'en échappait des résonances à renverser celui qui aurait eu l'imprudence de les effleurer. " Il est venu passer hier la soirée à la maison, disait une jeune fille à une de ses amies. Ma chère, il y a rugi tout le temps. C'est un démoniaque. On finira par ne plus le recevoir du tout, M. de Mesnilgrand." Sans ces rugissements de mauvais ton, pour lesquels ne sont faits ni les salons, ni les âmes qui les habitent, peut-être aurait-il intéressé les jeunes filles qui en parlaient avec cette moqueuse sévérité. Lord Byron commençait à devenir fort à la mode dans ce temps-là, et quand Mesnilgrand était silencieux et contenu, il y avait en lui quelque chose des héros de Byron. Ce n'était pas la beauté régulière que les jeunes personnes à âme froide recherchent. Il était rudement laid ; mais son visage pâle et ravagé, sous ses cheveux châtains restés très jeunes, son front ridé prématurément, comme celui de Lara ou du Corsaire, son nez épaté de léopard, ses yeux glauques, légèrement bordés d'un filet de sang comme ceux des chevaux de race très ardents, avaient une expression devant laquelle les plus moqueuses de la ville de *** se sentaient troublées. Quand il était là, les plus ricaneuses ne ricanaient plus. Grand, fort, bien tourné, quoiqu'il se voûtât un peu du haut du corps comme si la vie qu'il portait eût été une armure trop lourde, le chevalier de Mesnilgrand avait, sous son costume moderne, l'air perdu qu'on retrouve dans certains majestueux portraits de famille. " C'est un portrait qui marche ", disait encore une jeune fille qui le voyait entrer dans un salon pour la première fois. D'ailleurs, Mesnilgrand couronnait tous ces avantages par un avantage supérieur à tous les autres, aux yeux de ces fillettes: il était toujours divinement mis. Etait-ce là une dernière coquetterie de sa vie d'homme à femmes, à ce désespéré, et qui survivait à cette vie finie, enterrée, comme le soleil couché envoie un dernier rayon rose au flanc des nuages derrière lesquels il a sombré?... Etait-ce un reste du luxe satrapesque étalé autrefois par cet officier de Chamboran qui avait fait payer au vieil avare, son père, quand son régiment fut licencié, vingt mille francs seulement de peaux de tigre pour ses chabraques et ses bottes rouges? Mais, le fait est qu'aucun jeune homme de Paris ou de Londres ne l'eût emporté par l'élégance sur ce misanthrope, qui n'était plus du monde, et qui, pendant les trois mois de son séjour à ***, ne faisait que quelques visites, et puis après n'en faisait plus.

Il y vivait, comme à Paris, livré à sa peinture jusqu'à la nuit. Il se promenait peu dans cette ville propre et charmante, à l'aspect rêveur, bâtie pour des rêveurs, cette ville de poètes, où il n'y en avait peut-être pas un. Quelquefois, il y passait dans quelques rues, et le boutiquier disait à l'étranger qui remarquait sa hautaine tournure: " C'est le commandant Mesnilgrand ", comme si le commandant Mesnilgrand devait être connu de toute la terre! Qui l'avait vu une fois ne l'oubliait plus. Il imposait, comme tous les hommes qui ne demandent plus rien à la vie, car qui ne demande rien à la vie est plus haut qu'elle, et c'est elle alors qui fait des bassesses avec nous. Il n'allait point au café avec les autres officiers que la Restauration avait rayés de ses cadres de service, et auxquels il ne manquait jamais de donner une poignée de main, quand il les rencontrait. Les cafés de province répugnaient à son aristocratie. C'était pour lui affaire de goût que de ne pas entrer là. Cela ne scandalisait personne. Les camarades étaient toujours sûrs de le rencontrer chez son père, devenu, pendant son séjour, magnifique, d'avare qu'il était pendant son absence, et qui leur donnait des festins appelés par eux des Balthazars, quoiqu'ils n'eussent jamais lu la Bible.

Il y assistait en face de son fils, et quoiqu'il fût vieux et semblât-il, par la tenue, un personnage de comédie, on voyait que le père avait dû être, dans le temps, digne de procréer cette géniture dont il avait l'orgueil... C'était un grand vieillard très sec, droit comme un mât de vaisseau, qui tenait altièrement tête à la vieillesse. Toujours vêtu d'une longue redingote de couleur sombre, qui le faisait paraître encore plus grand qu'il n'était, il avait extérieurement l'austérité du penseur ou d'un homme pour lequel le monde n'avait ni pompes, ni oeuvres. Il portait, sans le quitter jamais, depuis des années, un bonnet de coton avec un large serre-tête lilas ; mais nul plaisant n'aurait songé à rire de ce bonnet de coton, la coiffure traditionnelle du Malade imaginaire. Le vieux M. de Mesnilgrand ne prêtait pas plus à la comédie qu'à personne. Il aurait coupé le rire sur les lèvres joyeuses de Regnard, et rendu plus pensif le regard pensif de Molière.

Quelle qu'eût été la jeunesse de ce Géronte ou de cet Harpagon presque majestueux, cela remontait trop loin pour qu'on s'en souvînt. Il avait donné (disait-on) du côté de la Révolution, quoiqu'il fût le parent de Vicq d'Azir, le médecin de Marie-Antoinette, mais ce n'avait pas été long.

L'homme du fait (les Normands appellent leur bien leur fait ; expression profonde!), le possesseur, le terrien, avaient en lui promptement redressé l'homme d'idée. Seulement, de la Révolution, il était sorti athée politique, comme il y était entré athée religieux, et ces deux athéismes combinés en avaient fait un négateur carabiné, qui aurait effrayé Voltaire.

Il parlait peu, du reste, de ses opinions, excepté dans ces dîners d'hommes qu'il donnait pour fêter son fils, où, se trouvant en famille d'idées, il laissait échapper des lueurs d'opinion qui auraient justifié ce qu'on disait de lui par la ville. Pour les gens religieux et les nobles dont elle était pleine, c'était en effet, un vieux réprouvé qu'il était impossible de voir et qui s'était fait justice, en n'allant chez personne... Sa vie était très simple. Il ne sortait jamais. Les limites de son jardin et de sa cour étaient pour lui le bout du monde. Assis, l'hiver, sous le grand manteau de la cheminée de sa cuisine, où il avait fait rouler un vaste fauteuil rouge brun de velours d'Utrecht, à larges oreilles, silencieux devant les domestiques qu'il gênait de sa présence, car devant lui ils n'osaient pas parler haut, et ils s'entretenaient à voix basse, comme dans une église ; l'été, il les délivrait de sa présence, et il se tenait dans sa salle à manger, qui était fraîche, lisant les journaux ou quelques bouquins d'une ancienne bibliothèque de moines, achetés par lui à la criée, ou classant des quittances devant un petit secrétaire d'érable, à coins cuivrés, qu'il avait fait descendre là, pour ne pas être obligé de monter un étage, quand ses fermiers venaient, et quoique ce ne fût pas là un meuble de salle à manger.

S'il se passait autre chose que des calculs d'intérêts dans sa cervelle, c'est ce que personne ne savait. Sa face, à nez court, un peu écrasée, blanche comme la céruse et trouée de petite vérole, ne laissait rien filtrer de ses pensées, aussi énigmatiques que celles d'un chat, qui fait ronron au coin du feu. La petite vérole, qui l'avait criblé, lui avait rougi les yeux et retourné les cils en dedans, qu'il était obligé de couper ; et cette horrible opération, qu'il fallait répéter souvent, lui avait rendu la vue clignotante, si bien que, quand il vous parlait, il était obligé de mettre la main sur ses sourcils comme un garde-vue, pour s'assurer le regard, en se renversant un peu en arrière, ce qui lui donnait tout à la fois un grand air d'impertinence et de fierté. On n'eût certainement avec aucun lorgnon, obtenu un effet d'impertinence supérieur à celui qu'obtenait le vieux M. de Mesnilgrand avec sa main tremblante, posée de champ sur ses sourcils pour vous ajuster et vous voir mieux, quand il vous interpellait... Sa voix était celle d'un homme qui avait toujours eu le droit du commandement sur les autres, une voix de tête plus que de poitrine, comme celle d'un homme qui a lui-même plus de tête que de coeur ; mais il ne s'en servait pas beaucoup. On aurait dit qu'il en était aussi avare que de ses écus. Il l'économisait, non pas comme le centenaire Fontenelle économisait la sienne, quand il interrompait sa phrase, lorsqu'il passait une voiture, pour la reprendre après que le roulement de la voiture avait cessé. Le vieux M, de Mesnilgrand n'était pas, comme le vieux Fontenelle, un bonhomme de porcelaine fêlée, perpétuellement occupé à surveiller ses fêlures. C'était, lui, un antique dolmen, de granit pour la solidité, et s'il parlait peu, c'est que les dolmens parlent peu, comme les jardins de La Fontaine. Quand cela lui arrivait, du reste, c'était d'une briève façon, à la Tacite.

En conversation, il gravait le mot. Il avait le style lapidaire, et même lapidant, car il était caustique, et les pierres qu'il jetait dans le jardin des autres atteignaient toujours quelqu'un. Autrefois, comme beaucoup de pères, il avait poussé des cris de cormoran contre les dépenses et les folies de son fils ; mais depuis que Mesnil - ainsi qu'il disait par abréviation familière - était resté pris comme un Titan sous la montagne renversée de l'Empire, il avait pour lui le respect d'un homme qui a pesé la vie dans tous les trébuchets du mépris et qui trouvait que rien n'est plus beau, après tout, que la force humaine écrasée par la stupidité du destin!

Et il le lui témoignait à sa manière, et cette manière était expressive. Quand son fils parlait devant lui, il y avait de l'attention passionnée sur cette froide face blafarde, qui semblait une lune dessinée au crayon blanc sur papier gris, et dont les yeux, rougis par la petite vérole, eussent été passées à la sanguine. D'ailleurs, la meilleure preuve qu'il pût donner du cas qu'il faisait de son fils Mesnil, c'était, pendant le séjour chez lui de ce fils, le complet oubli de son avarice, de cette passion qui lâche le moins, de sa poigne froide, l'homme qu'elle a pris. C'étaient ces fameux dîners qui empêchaient M. Deltocq de dormir et qui agitaient les lauriers... de ses jambons, au-dessus de sa tête. C'étaient ces dîners comme le diable peut seul en tripoter pour ses favoris... Et de fait, les convives de ces dîners-là n'étaient-ils pas les très grands favoris du diable?... " Tout ce que la ville et l'arrondissement ont de gueux et de scélérats se trouve là, marmottaient les royalistes et les dévots, qui avaient encore les passions de 1815. Il doit s'y dire furieusement d'infamies - et peut-être s'y en faire ", ajoutaient-ils. Les domestiques, qu'on ne renvoyait pas au dessert, comme aux soupers du baron d'Holbach, colportaient en effet des bruits abominables par la ville sur ce qu'on disait en ces ripailles ; et la chose même devint si forte dans l'opinion, que la cuisinière du vieux M. de Mesnilgrand fut circonvenue par ses amies et menacée de ceci: que, pendant la visite du fils Mesnilgrand à son père, M. le curé ne la laisserait plus approcher des Sacrements. On éprouvait alors, dans la ville de ***, pour ces agapes si tympanisées de la place Thurin, une horreur presque égale à l'horreur que les chrétiens, au Moyen Age, ressentaient pour ces repas des juifs, dans lesquels ils profanaient des hosties et égorgeaient des enfants.

Il est vrai que cette horreur était un peu tempérée par les convoitises d'une sensualité très éveillée, et par tous les récits qui faisaient venir l'eau à la bouche des gourmands de la ville quand on parlait devant eux des dîners du vieux M. de Mesnilgrand. En province et dans une petite ville, tout se sait. La halle y est mieux que la maison de verre du Romain: elle y est une maison sans murs. On savait, à un perdreau ou à une bécassine près, ce qu'il y aurait ou ce qu'il y avait eu à chaque dîner hebdomadaire de la place Thurin. Ces repas, qui avaient ordinairement lieu tous les vendredis, raflaient le meilleur poisson et le meilleur coquillage à la halle, car on y faisait impudemment chère de commissaire, en ces festins affreux et malheureusement exquis.

On y mariait fastueusement le poisson à la viande, pour que la loi de l'abstinence et de la mortification, prescrite par l'Église, fût mieux transgressée... Et cette idée-là était bien l'idée du vieux M. de Mesnilgrand et de ses satanés convives! Cela leur assaisonnait leur dîner de faire gras les jours maigres, et par-dessus leur gras, de faire un maigre délicieux.

Un vrai maigre de cardinal! Ils ressemblaient à cette Napolitaine qui disait que son sorbet était bon, mais qui l'aurait trouvé meilleur s'il avait été un péché. Et que dis-je? un péché! Il aurait fallu qu'il en fût plusieurs pour ces impies, car tous, tant qu'ils étaient, qui venaient s'asseoir à cette table maudite, c'étaient des impies, - des impies de haute graisse et de crête écarlate, de mortels ennemis du prêtre, dans lequel ils voyaient toute l'Église, des athées, - absolus et furieux - comme on l'était à cette époque ; l'athéisme d'alors étant un athéisme très particulier. C'était, en effet, celui d'une période d'hommes d'action de la plus immense énergie, qui avaient passé par la Révolution et les guerres de l'Empire, et qui s'étaient vautrés dans tous les excès de ces temps terribles. Ce n'était pas du tout l'athéisme du XVIIIe siècle, dont il était pourtant sorti. L'athéisme du XVIIe siècle avait des prétentions à la vérité et à la pensée.

Il était raisonneur, sophiste, déclamatoire, surtout impertinent. Mais il n'avait pas les insolences des soudards de l'Empire et des régicides apostats de 93. Nous qui sommes venus après ces gens-là, nous avons aussi notre athéisme, absolu, concentré, savant, glacé, haïsseur, haïsseur implacable! ayant pour tout ce qui est religieux la haine de l'insecte pour la poutre qu'il perce. Mais, lui, non plus que l'autre, cet athéisme-là, ne peut donner l'idée de l'athéisme forcené des hommes du commencement du siècle, qui, élevés comme des chiens par les voltairiens, leurs pères, avaient, depuis qu'ils étaient hommes, mis leurs mains jusqu'à l'épaule dans toutes les horreurs de la politique et de la guerre et de leurs doubles corruptions. Après trois ou quatre heures de buveries et de mangeries blasphématoires, la salle à manger hurlante du vieux M. de Mesnilgrand avait de bien autres vibrations et une bien autre physionomie que ce piètre cabinet de restaurant, où quelques mandarins chinois de la littérature ont fait dernièrement leur petite orgie à cinq francs par tête, contre Dieu. C'étaient ici de tout autres bombances! Et comme elles ne recommenceront probablement jamais, du moins dans les mêmes termes, il est intéressant et nécessaire, pour l'histoire des moeurs, de les rappeler.

Ceux qui les faisaient, ces bombances sacrilèges, sont morts et bien morts ; mais à cette époque ils vivaient, et même c'est l'époque où ils vivaient le plus, car la vie est plus forte, quand ce ne sont pas les facultés qui baissent, mais les malheurs qui ont grandi. Tous ces amis de Mesnilgrand, tous ces commensaux de la maison de son père, avaient la même plénitude de forces actives qu'ils eussent jamais eues, et ils en avaient davantage, puisqu'ils les avaient exercées, puisqu'ils avaient bu à la bonde du tonneau de tous les excès du désir et de la jouissance, sans avoir été foudroyés par ces spiritueux renversants ; mais ils ne tenaient plus entre leurs dents et leurs mains crispées la bonde du tonneau qu'ils avaient mordue, - comme Cynégire son vaisseau, pour le retenir. Les circonstances leur avaient arraché des dents. cette mamelle qu'ils avaient tétée, sans l'épuiser, et ils n'en avaient que plus soif, de l'avoir tétée! C'était pour eux aussi, comme pour Mesnil grand, l'heure de l'enragement. Ils n'avaient pas la hauteur de l'âme de Mesnil, de ce Roland le Furieux dont l'Arioste, s'il avait eu un Arioste, aurait dû ressembler de génie tragique à Shakespeare. Mais à leur niveau d'âme, à leur étage de passion et d'intelligence, ils avaient, comme lui, leur vie finie avant la mort, - qui n'est pas la fin de la vie, et qui souvent vient bien longtemps avant sa fin. C'étaient des désarmés avec la force de porter des armes. Ils n'étaient pas, tous ces officiers, que des licenciés de l'armée de la Loire ; c'étaient les licenciés de la vie et de l'Espérance. L'Empire perdu, la Révolution écrasée par cette réaction qui n'a pas su la tenir sous son pied, comme saint Michel y tient le dragon, tous ces hommes, rejetés de leurs positions, de leurs emplois, de leurs ambitions, de tous les bénéfices de leur passé, étaient retombés impuissants, défaits, humiliés, dans leur ville natale, où ils étaient revenus " crever misérablement comme des chiens ", disaient-ils avec rage. Au Moyen Age, ils auraient fait des pastoureaux, des routiers, des capitaines d'aventure ; mais on ne choisit pas son temps ; mais, les pieds pris dans les rainures d'une civilisation qui a ses proportions géométriques et ses provisions impérieuses, force leur était de rester tranquilles, de ronger leur frein, d'écumer sur place, de manger et de boire leur sang, et d'en ravaler le dégoût! Ils avaient bien la ressource des duels ; mais que sont quelques coups de sabre ou de pistolet, quand il leur eût fallu des hémorragies de sang versé, à noyer la terre, pour calmer l'apoplexie de leurs fureurs et de leurs ressentiments? Vous vous doutez bien, après cela, des oremus qu'ils adressaient à Dieu, quand ils en parlaient, car s'ils n'y croyaient pas, d'autres y croyaient: leurs ennemis! et c'était assez pour maugréer, blasphémer et canonner dans leurs discours tout ce qu'il y a de saint et de sacré parmi les hommes. Mesnilgrand disait d'eux un soir, en les regardant autour de la table de son père, et aux lueurs d'un punch gigantesque: " qu'on en monterait un beau corsaire! " - " Rien n'y manquerait, ajoutait-il, en guignant deux ou trois défroqués, mêlés à ces soldats sans uniforme, pas même des aumôniers, si c'était là une fantaisie de corsaires que des aumôniers! ". Mais, après la levée du blocus continental et l'époque folle de paix qui suivit, si ce ne fut pas le corsaire qui manqua, ce fut l'armateur.

Eh bien, ces convives du vendredi, qui scandalisaient hebdomadairement la ville de ***, vinrent, suivant leur usage, dîner à l'hôtel Mesnilgrand le vendredi en suivant le dimanche où Mesnil avait été si brusquement appréhendé dans l'église par un de ses anciens camarades, étonné et furieux de l'y voir. Cet ancien camarade était le capitaine Rançonnet, du 8e dragons, lequel, par parenthèse, arriva un des premiers au dîner de ce jour-là, n'ayant pas revu Mesnilgrand de toute la semaine et n'ayant pu encore digérer sa visite à l'église et la manière dont Mesnil l'avait reçu et planté là, quand il lui avait demandé des explications. Il comptait bien revenir sur cette chose stupéfiante dont il avait été témoin, et qu'il tenait à éclaircir, en présence de tous les conviés du vendredi qu'il régalerait de cette histoire. Le capitaine Rançonnet n'était pas le plus mauvais garçon des mauvais garçons de la table des vendredis. Mais il était l'un des plus fanfarons, et tout à la fois des plus naïfs d'impiété. Quoiqu'il ne fût pas sot, il en était devenu bête. Il avait toujours l'idée de Dieu dans l'esprit, comme une mouche dans le nez. Il était, de la tête aux pieds, un officier du temps, avec tous les défauts et les qualités de ce temps, pétri par la guerre et pour la guerre, et ne croyant qu'à elle, et n'aimant qu'elle ; un de ces dragons qui font sonner leurs gros talons, - comme dit la vieille chanson dragonne. Des vingt-cinq qui dînaient ce jour-là à l'hôtel Mesnilgrand, il était peut-être celui qui aimait le plus Mesnil, quoiqu'il eût perdu le fil de son Mesnil, depuis qu'il l'avait vu entrer dans une église. Est-il besoin d'en avertir?... la majorité des vingt-cinq convives se composait d'officiers, mais il n'y avait pas à ce dîner que des militaires. Il y avait des médecins, - les plus matérialistes des médecins de la ville, - quelques anciens moines, fuyards de leur abbaye et en rupture de voeux, contemporains du père Mesnilgrand - deux ou trois prêtres soi-disant mariés, mais en réalité concubinaires, et, brochant sur le tout, un ancien représentant du peuple, qui avait voté la mort du Roi... Bonnets rouges ou shakos, les uns révolutionnaires à tous crins, les autres bonapartistes effrénés, prêts à se chamailler et à s'arracher les entrailles, mais tous athées, et, sur ce point seul de la négation de Dieu et du mépris de toutes les Églises, de la plus touchante unanimité. Ce sanhédrin de diables à plusieurs espèces de cornes était présidé par ce grand diable en bonnet de coton, le père Mesnilgrand, à la face blême et terrible sous cette coiffure, qui n'avait plus rien de bouffon avec pareille tête par-dessous, et qui se tenait droit au milieu de sa table, comme l'évêque mitré de la messe du Sabbat, vis-a-vis de son fils Mesnil, au visage fatigué de lion au repos, mais dont les muscles étaient toujours près de jouer dans son mufle ridé et de lancer des éclairs!...

Quant à lui, disons-le, il se distinguait - impérialement de tous les autres. Ces officiers, anciens beaux de l'Empire, où il y eut tant de beaux, avaient, certes! de la beauté et même de l'élégance ; mais leur beauté était régulière, tempéramenteuse, purement ou impurement physique et leur élégance soldatesque. Quoique en habits bourgeois, ils avaient conservé le raide de l'uniforme, qu'ils avaient porté toute leur vie. Selon une expression de leur vocabulaire, ils étaient un peu trop ficelés. Les autres convives, gens de science comme les médecins, ou revenus de tout, comme ces vieux moines, qui se souciaient bien d'un habit, après avoir porté et foulé aux pieds les ornements sacrés de la splendeur sacerdotale, ressemblaient par le vêtement à d'indignes pleutres...

Mais lui, Mesnilgrand, était - eussent dit les femmes - adorablement mis. Comme on était au matin encore, il portait un amour de redingote noire, et il était cravaté (comme on se cravatait alors) d'un foulard blanc, de nuance écrue, semé d'imperceptibles étoiles d'or brodées à la main. Étant chez lui, il ne s'était pas botté. Son pied nerveux et fin, qui faisait dire: " Mon prince! " aux pauvres assis aux bornes des rues quand il passait près d'eux, était chaussé de bas de soie à jour et de ces escarpins, très découverts et à talon élevé, qu'affectionnait Chateaubriand, l'homme le plus préoccupé de son pied qu'il y eût alors en Europe, après le grand-duc Constantin. Sa redingote ouverte, coupée par Staub, laissait voir un pantalon de prunelle à reflets scabieuse et un simple gilet de Casimir noir à châle sans chaîne d'or ; car, ce jour-là, Mesnilgrand n'avait de bijoux d'aucune sorte, si ce n'est un camée antique d'un grand prix, représentant la tête d'Alexandre, qui fixait sur sa poitrine les plis étendus de sa cravate sans noeud, - presque militaire, - un hausse-col. Rien qu'en le voyant en cette tenue, d'un goût si sûr, on sentait que l'artiste avait passé par le soldat et l'avait transfiguré, et que l'homme de cette mise n'était pas de la même espèce que les autres qui étaient là, quoiqu'il fût à tu et à toi avec beaucoup d'entre eux. Le patricien de nature, l'officier ne graine d'épinards, comme ils disaient de lui dans leur langue militaire, se révélait et tranchait bien sur ce vigoureux repoussoir de soldats énergiques, excessivement vaillants, mais vulgaires et inaptes aux commandements supérieurs.

Maître de maison, - en seconde ligne, puisque son père faisait les honneurs de sa table, - Mesnilgrand, s'il ne s'élevait pas quelqu'une de ces discussions qui l'enlevaient par les cheveux, comme Perle enleva la tête de sa Gorgone, et lui faisaient vomir les flots de sa fougueuse éloquence, Mesnilgrand parlait peu en ces réunions bruyantes dont le ton n'était pas complètement le sien et qui, dès les huîtres, montait à des diapasons de voix, d'aperçus et d'idées si aigus, qu'une note de plus n'était pas possible et que le plafond ce bouchon de la salle - risqua bien souvent d'en sauter, après tous les autres bouchons.

Ce fut à midi précis qu'on se mit à table, selon la coutume ironique de ces irrévérents moqueurs, qui profitaient des moindres choses pour montrer leur mépris de l'Église. Une idée de ce pieux pays de l'Ouest est de croire que le Pape se met à table à midi, et qu'avant de s'y mettre, il envoie sa bénédiction à tout l'univers chrétien. Eh bien, cet auguste Benedicite paraissait comique à ces libres penseurs. Aussi, pour s'en gausser, le vieux M. de Mesnilgrand ne manquait jamais, quand le premier coup de midi sonnait au double clocher de la ville, de dire du plus haut de sa voix de tête, avec ce sourire voltairien qui fendait parfois en deux son immobile face lunaire: " A table, messieurs! Des chrétiens comme nous ne doivent pas se priver de la bénédiction du pape! " Et ce mot, ou l'équivalent, était comme un tremplin tendu aux impiétés qui allaient y bondir, à travers toutes les conversations échevelées d'un dîner d'hommes, et d'hommes comme eux. En thèse générale, on peut dire que tous les dîners d'hommes où ne préside pas d'harmonieux génie d'une maîtresse de maison, où ne plane pas l'influence apaisante d'une femme qui jette sa grâce, comme un caducée, entre les grosses vanités, les prétentions criantes, les colères sanguines et bêtes, même chez les gens d'esprit, des hommes attablés entre eux, sont presque toujours d'effroyables mêlées de personnalités, prêtes à finir toutes comme le festin des Lapithes et des Centaures, où il n'y avait peut-être pas de femmes non plus. En ces sortes de repas découronnés de femmes, les hommes les plus polis et les mieux élevés perdent de leur charme de politesse et de leur distinction naturelle; et quoi d'étonnant?... Ils n'ont plus la galerie à laquelle ils veulent plaire, et ils contractent immédiatement quelque chose de sans-gêne, qui devient grossier au moindre attouchement, au moindre choc des esprits les uns par les autres. L'égoïsme, l'inexilable égoïsme, que l'art du monde est de voiler sous des formes aimables, met bientôt les coudes sur la table, en attendant qu'il vous les mette dans les côtés. Or, s'il en est ainsi pour les plus athéniens des hommes, que devait-il en être pour les convives de l'hôtel Mesnilgrand, pour ces espèces de belluaires et de gladiateurs, ces gens de clubs jacobins et de bivouacs militaires, qui se croyaient toujours un peu au bivouac ou au club, et parfois encore en pire lieu?... Difficilement peut-on s'imaginer, quand on ne les a pas entendues, les conversations à bâtons rompus et à vitres et à verres cassés de ces hommes grands mangeurs, grands buveurs, bourrés de victuailles échauffantes, incendiés de vins capiteux, et qui, avant le troisième service, avaient lâché la bride à tous les propos et fait feu des quatre pieds dans leurs assiettes. Ce n'étaient pas toujours des impiétés, du reste, qui étaient le fond de ces conversations, mais c'en étaient les fleurs ; et on peut dire qu'il y en avait dans tous les vases!... Songez donc! C'était le temps où Paul-Louis Courier, qui aurait très bien figuré à ces dîners-là, écrivait cette phrase pour fouetter le sang à la France: " La question est maintenant de savoir si nous serons capucins ou laquais. " Mais ce n'était pas tout. Après la politique, la haine des Bourbons, le spectre noir de la Congrégation, les regrets du passé pour ces vaincus, toutes ces avalanches qui roulaient en bouillonnant d'un bout à l'autre de cette table fumante, il y avait d'autres sujets de conversation, à tempêtes et à tintamarres. Par exemple, il y avait les femmes. La femme est l'éternel sujet de conversation des hommes entre eux, surtout en France, le pays le plus fat de la terre. Il y avait les femmes en général et les femmes en particulier, - les femmes de l'univers et celles de la porte à côté, - les femmes des pays que beaucoup de ces soldats avaient parcourus, en faisant les beaux dans leurs grands uniformes victorieux, et celles de la ville, chez lesquelles ils n'allaient peut-être pas, et qu'ils nommaient insolemment par nom et prénom, comme s'ils les avaient intimement connues, sur le compte de qui, parbleu! ils ne se gênaient pas, et dont, au dessert, ils pelaient en riant la réputation, comme ils pelaient une pêche, pour après, en casser le noyau. Tous prenaient part à ces bombardements de femmes même les plus vieux, les plus coriaces, les plus dégoûtés de la femelle, ainsi qu'ils disaient cyniquement, car les hommes peuvent renoncer à l'amour malpropre, mais jamais à l'amour-propre de la femme, et, fût-ce sur le bord de leur fosse ouverte, ils sont toujours prêts à tremper leurs museaux dans ces galimafrées de fatuité!

Et ils les y trempèrent, ce jour-là, jusqu'aux oreilles à ce dîner qui fut, comme déchaînement de langues, le plus corsé de tous ceux que le vieux M. de Mesnilgrand eût donnés.

Dans cette salle à manger, présentement muette, mais dont les murs nous en diraient de si belles s'ils pouvaient parler, puisqu'ils auraient ce que je n'ai pas, moi, l'impassibilité des murs, l'heure des vanteries qui arrive si vite dans les dîners d'hommes, d'abord décente, - puis indécente bientôt,- puis déboutonnée, - enfin chemise levée et sans vergogne, amena les anecdotes, et chacun raconta la sienne... Ce fut comme une confession de démons! Tous ces insolents railleurs, qui n'auraient pas eu assez de brocards pour la confession d'un pauvre moine, dite à haute voix, aux pieds de son supérieur, en présence des frères de son Ordre, firent absolument la même chose, non pour s'humilier, comme le moine, mais pour s'enorgueillir et se vanter de l'abomination de leur vie, - et tous, plus ou moins, crachèrent en haut leur âme contre Dieu, leur âme qui, à mesure qu'ils la crachèrent, leur retomba sur la figure.

Or, au milieu de ce débordement de forfanteries de toute espèce, il y en eut une qui parut.., est-ce plus piquante qu'il faut dire? Non, plus piquante ne serait pas un mot assez fort, mais plus poivrée, plus épicée, plus digne du palais de feu de ces frénétiques qui, en fait d'histoires, eussent avalé du vitriol. Celui qui la raconta, de tous ces diables, était le plus froid cependant... Il l'était comme le derrière de Satan, car le derrière de Satan, malgré l'enfer qui le chauffe, est très froid, - disent les sorcières qui le baisent à la messe noire du Sabbat. C'était un certain et ci-devant abbé Reniant,- un nom fatidique! - lequel, dans cette société à l'envers de la Révolution, qui défaisait tout, s'était fait, de son chef, de prêtre sans foi, médecin sans science, et qui pratiquait clandestinement un empirisme suspect et, qui sait? peut-être meurtrier. Avec les hommes instruits, il ne convenait pas de son industrie. Mais, il avait persuadé aux gens des basses classes de la ville et des environs qu'il en savait plus long que tous les médecins à brevets et à diplômes... On disait mystérieusement qu'il avait des secrets pour guérir. Des secrets! ce grand mot qui répond à tout parce qu'il ne répond à rien, le cheval de bataille de tous les empiriques, qui sont maintenant tout ce qui reste des sorciers, si puissants jadis sur l'imagination populaire. Ce ci-devant abbé Reniant "car, disait-il avec colère, ce diable de titre d'abbé était comme une teigne sur son nom que toutes les calottes de brai n'auraient pu jamais en arracher! " - ne se livrait point par amour du gain à ces fabrications cachées de remèdes, qui pouvaient être des empoisonnements: il avait de quoi vivre. Mais il obéissait au démon dangereux des expériences, qui commence par traiter la vie humaine comme une matière à expérimentations, et qui finit par faire des Sainte-Croix et des Brinvilliers! Ne voulant pas avoir affaire avec les médecins patentés, comme il les appelait d'un ton de mépris, il était le propre apothicaire de ses drogues, et il vendait ou donnait ses breuvages, - car bien souvent il les donnait, à condition pourtant qu'on lui en rapportât les bouteilles. Ce coquin qui n'était pas un sot, savait intéresser les passions de ses malades à sa médecine. Il donnait du vin blanc, mêlé à je ne sais quelles herbailles, aux hydropiques par ivrognerie, et aux filles embarrassées, disaient les paysans en clignant de l'oeil, des tisanes qui tout de même faisaient fondre leurs embarras. C'était un homme de taille moyenne, de mine frigide et discrète, vêtu dans le genre du vieux M. de Mesnilgrand (mais en bleu), portant, autour d'une figure de la couleur du lin qui n'a pas été blanchi, des cheveux en rond (la seule chose qu'il eût gardée du prêtre) d'une odieuse nuance filasse, et droits comme des chandelles ; peu parleur, et compendieux quand il se mettait à parler. Froid et propret comme la crémaillère d'une cheminée hollandaise, en ces dîners ou l'on disait tout et où il sirotait mièvrement son vin dans son angle de table quand les autres lampaient le leur, et plaisait peu à ces bouillants, qui le comparaient à du vin tourné de Sainte-Nitouche, un vignoble de leur invention.

Mais cet air-là ne donna que plus de ragoût à son histoire, quand il dit modestement que, pour lui, ce qu'il avait fait de mieux contre l'infâme de M. de Voltaire, ç'avait été un jour - dame! on fait ce qu'on peut! - de donner un paquet d'hosties à des cochons!

A ce mot-là, il y eut un tonnerre d'interjections triomphantes. Mais le vieux M. de Mesnilgrand le coupa de sa voix incisive et grêle:

" C'est, sans doute, dit-il, la dernière fois, l'abbé, que vous avez donné la communion? " Et le pince-sans-rire mit sa main blanche et sèche au-dessus de ses yeux, pour voir le Reniant, posé maigrement derrière son verre entre les deux larges poitrines de ses deux voisins, le capitaine Rançonnet, empourpré et flambant comme une torche, et le capitaine au 6e cuirassiers, Travers de Mautravers, qui ressemblait à un caisson.

" Il y avait déjà longtemps que je ne la donnais plus, reprit le ci-devant prêtre, et que j'avais jeté ma souquenille aux orties du chemin. C'était en pleine révolution, le temps où vous étiez ici, citoyen Le Carpentier, en tournée de représentant du peuple. Vous vous rappelez bien une jeune fille d'Hémevès que vous fîtes mettre à la maison d'arrêt? une enragée! une épileptique!

- Tiens! dit Mautravers, il y a une femme mêlée aux hosties! L'avez-vous aussi donnée aux cochons!

- Tu te crois spirituel, Mautravers? fit Rançonnet. Mais n'interromps donc pas l'abbé. L'abbé, finissez-nous l'histoire.

- Ah! l'histoire, reprit Reniant, sera bientôt contée. Je disais donc, monsieur Le Carpentier, cette fille d'Hémevès, vous en souvenez-vous? On l'appelait la Tesson... Joséphine Tesson, si j'ai bonne mémoire, une grosse maflée, - une espèce de Marie Alacoque pour le tempérament sanguin, l'âme damnée des chouans et des prêtres, qui lui avaient allumé le sang, qui l'avaient fanatisée et rendue folle... Elle passait sa vie à les cacher, les prêtres... Quand il s'agissait d'en sauver un, elle eût bravé trente guillotines. Ah! les ministres du Seigneur! comme elle les nommait, elle les cachait chez elle, et partout. Elle les eût cachés sous son lit, dans son lit, sous ses jupes, et, s'ils avaient pu y tenir, elle les aurait tous fourrés et tassés, le Diable m'emporte! là où elle avait mis leur boîte à hosties - entre ses tétons!

- Mille bombes! fit Rançonnet, exalté.

- Non, pas mille, mais deux seulement, monsieur Rançonnet, dit, en riant de son calembour, le vieux apostat libertin ; mais elles étaient de fier calibre! " Le calembour trouva de l'écho. Ce fut une risée.

" Singulier ciboire qu'une gorge de femme! fit le docteur Bleny, rêveur.

- Ah! le ciboire de la nécessité! reprit Reniant à qui le flegme était déjà revenu. Tous ces prêtres qu'elle cachait, persécutés, poursuivis, traqués, sans église, sans sanctuaire, sans asile quelconque, lui avaient donné à garder leur Saint-Sacrément, et ils l'avaient campé dans sa poitrine, croyant qu'on ne viendrait jamais le chercher là!... Oh! ils avaient une fameuse foi en elle. Ils la disaient une sainte. Ils lui faisaient croire qu'elle en était une. Ils lui montaient la tête et lui donnaient soif du martyre. Elle, intrépide, ardente, allait et venait, et vivant hardiment avec sa boîte à hosties sous sa bavette. Elle la portait de nuit, par tous les temps, la pluie, le vent, la neige, le brouillard, à travers des chemins de perdition, aux prêtres cachés qui faisaient communier les mourants, en catimini... Un soir, nous l'y surprîmes, dans une ferme où mourait un chouan, moi et quelques bons garçons des Colonnes Infernales de Rossignol. Il y en eut un qui, tenté par ses maîtres avant-postes de chair vive, voulut prendre des libertés avec elle ; mais il n'en fut pas le bon marchand, car elle lui imprima ses dix griffes sur la figure, à une telle profondeur qu'il a dû en rester marqué toute sa vie! Seulement, tout en sang qu'elle le mît, le mâtin ne lâcha pas ce qu'il tenait, et il arracha la boîte à bons dieux qu'il avait trouvée dans sa gorge ; et j'y comptai bien une douzaine d'hosties que, malgré ses cris et ses ruées, car elle se rua sur nous comme une furie, je fis jeter immédiatement dans l'auge aux cochons. " Et il s'arrêta faisant jabot, pour une si belle chose, comme un pou sur une tumeur qui se donnerait des airs. " Vous avez donc vengé messieurs les porcs de l'Evangile, dans le corps desquels Jésus-Christ fit entrer les démons, dit le vieux M. de Mesnilgrand de sa sarcastique voix de tête. Vous avez mis le bon Dieu dans ceux-ci à la place du Diable: c'est un prêté pour un rendu.

- Et en eurent-ils une indigestion, monsieur Reniant, ou bien les amateurs qui en mangèrent ", demanda profondément un hideux petit-bourgeois nommé Le Hay, usurier à cinquante pour cent de son état, et qui avait l'habitude de dire qu'en tout il faut considérer la fin.

Il y eut comme un temps d'arrêt dans ce flot d'impiétés grossières.

" Mais toi, tu ne dis rien, Mesnil, de l'histoire de l'abbé Reniant? " fit le capitaine Rançonnet, qui guettait l'occasion d'accrocher n'importe à quoi son histoire de la visite de Mesnilgrand à l'église.

Mesnil ne disait rien, en effet. Il était accoudé, la joue dans sa main, sur le bord de la table, écoutant sans horripilation, mais sans goût, toutes ces horreurs, débitées par des endurcis, et sur lesquelles il était blasé et bronzé... Il en avait tant entendu toute sa vie dans les milieux qu'il avait traversés! Les milieux, pour l'homme, c'est presque une destinée.

Au Moyen Age, le chevalier de Mesnilgrand aurait été un croisé brûlant de foi. Au XIXe siècle, c'était un soldat de Bonaparte, à qui son incrédule de père n'avait jamais parlé de Dieu, et qui, particulièrement en Espagne, avait vécu dans les rangs d'une armée qui se permettait tout, et qui commettait autant de sacrilèges qu'à la prise de Rome les soldats du connétable de Bourbon. Heureusement, les milieux ne sont absolument une fatalité que pour les âmes et les génies vulgaires. Pour les personnalités vraiment fortes, il y a quelque chose, ne fût-ce qu'un atome, qui échappe au milieu et résiste à son action toute-puissante. Cet atome dormait invincible dans Mesnilgrand. Ce jour-là, il n'aurait rien dit: il aurait laissé passer avec l'indifférence du bronze ce torrent de fange impie qui roulait devant lui en bouillonnant, comme un bitume de l'enfer, mais, interpellé par Rançonnet:

" Que veux-tu que je te dise? fit-il, avec une lassitude qui touchait à la mélancolie. M. Reniant n'a pas fait là une chose si crâne pour que, toi, tu puisses tant l'admirer! S'il avait cru que c'était Dieu, le Dieu vivant, le Dieu vengeur qu'il jetait aux porcs, au risque de la foudre sur le coup ou de l'enfer, sûrement, pour plus tard, il y aurait eu là du moins de la bravoure, du mépris de plus que la mort, puisque Dieu, s'il est, peut éterniser la torture. Il y aurait eu là une crânerie, folle, sans doute, mais enfin une crânerie à tenter un crâne aussi crâne que toi! Mais la chose n'a pas cette beauté-là, mon cher. M. Reniant ne croyait pas que ces hosties fussent Dieu. Il n'avait pas là-dessus le moindre doute pour lui, ce n'étaient que des morceaux de pain à chanter, consacrés par une superstition imbécile, et pour lui, comme pour toi-même, mon pauvre Rançonnet, vider la boîte aux hosties dans l'auge aux cochons, n'était pas plus héroïque que d'y vider une tabatière ou un cornet de pains à cacheter.

- Eh! eh! " fit le vieux M. de Mesnilgrand, se renversant sur le dossier de sa chaise, ajustant son fils sous sa main en visière, comme il l'eût regardé tirer un coup de pistolet bien en ligne, toujours intéressé par ce que disait son fils, même quand il n'en partageait pas l'idée et ici il la partageait. Aussi doubla-t-il son: " Eh! eh!

- Il n'y a donc ici, mon pauvre Rançonnet, reprit Mesnil, disons le mot... qu'une cochonnerie. Mais ce que je trouve beau, moi, et très beau, ce que je me permets d'admirer, messieurs, quoique je ne croie pas non plus à grand-chose, c'est cette fille Tesson, comme vous l'appelez, monsieur Reniant ; qui porte ce qu'elle croit son Dieu sur son coeur, qui, de ses deux seins de vierge fait un tabernacle à ce Dieu de toute pureté ; et qui respire, et qui vit, et qui traverse tranquillement toutes les vulgarités et tous les dangers de la vie avec cette poitrine intrépide et brûlante, surchargée d'un Dieu, tabernacle et autel à la fois, et autel qui, à chaque minute, pouvait être arrosé de son propre sang!... Toi, Rançonnet, toi, Mautravers, toi, Sélune, et moi aussi, nous avons tous eu l'Empereur sur la poitrine, puisque nous avions sa Légion d'honneur, et cela nous a parfois donné plus de courage au feu de l'y avoir. Mais elle, ce n'est pas l'image de son Dieu qu'elle a sur la sienne ; c'en est, pour elle, la réalité. C'est le Dieu substantiel, qui se touche, qui se donne, qui se mange, et qu'elle porte, au prix de sa vie, à ceux qui ont faim de ce Dieu-là! Eh bien, ma parole d'honneur! je trouve cela tout simplement sublime... Je pense de cette fille comme en pensaient les prêtres, qui lui donnaient leur Dieu à porter. Je voudrais savoir ce qu'elle est devenue. Elle est peut-être morte ; peut-être vit-elle, misérable, dans quelque coin de campagne ; mais je sais bien que, fussé-je maréchal de France, si je la rencontrais, cherchât-elle son pain, les pieds nus dans la fange, je descendrais de cheval et lui ôterais respectueusement mon chapeau, à cette noble fille, comme si c'était vraiment Dieu qu'elle eût encore sur le coeur!

Henri IV, un jour, ne s'est pas agenouillé dans la boue, devant le Saint-Sacrement qu'on portait à un pauvre, avec plus d'émotion que moi je ne m'agenouillerais devant cette fille-là. " Il n'avait plus la joue sur sa main. Il avait rejeté sa tête en arrière. Et pendant qu'il parlait de s'agenouiller, il grandissait, et, comme la fiancée de Corinthe dans la poésie de Goethe, il semblait, sans s'être levé de sa chaise, grandi du buste jusqu'au plafond.

" C'est donc la fin du monde! dit Mautravers, en cassant un noyau de pêche avec son poing fermé, comme avec un marteau. Des chefs d'escadron de hussards à genoux, maintenant, devant des dévotes!

- Et encore, dit Rançonnet, encore si c'était comme l'infanterie devant la cavalerie, pour se relever et passer sur le ventre à l'ennemi! Après tout, ce ne sont pas là de désagréables maîtresses que ces diseuses d'oremus, que toutes ces mangeuses de bon Dieu, qui se croient damnées à chaque bonheur qu'elles nous donnent et que nous leur faisons partager. Mais, capitaine Mautravers, il y a pis pour un soldat que de mettre à mal quelques bigotes: c'est de devenir dévot soi-même, comme une poule mouillée de pékin, quand on a traîné le bancal!... Pas plus tard que dimanche dernier, où pensez-vous, messieurs, qu'à la tombée du jour j'ai surpris le commandant Mesnilgrand, ici présent?... " Personne ne répondit. On cherchait ; mais, de tous les points de la table, les yeux convergeaient vers le capitaine Rançonnet.

" Par mon sabre! dit Rançonnet, je l'ai rencontré... non pas rencontré, car je respecte trop mes bottes pour les traîner dans le crottin de leurs chapelles ; mais je l'ai aperçu, de dos, qui se glissait dans l'église, en se courbant sous la petite porte basse du coin de la place. Étonné, ébahi. " Eh!

" sacrebleu! me suis-je dit, ai-je la berlue?... Mais c'est la tournure de Mesnilgrand, ça!... Mais que va-t-il donc faire dans une église, Mesnilgrand?... " L'idée me regalopa au cerveau de nos anciennes farces amoureuses avec les satanées béguines des églises d'Espagne. Tiens! fis-je, ce n'est donc pas fini? Ce sera encore de la vieille influence de jupon. Seulement, que le Diable m'arrache les yeux avec ses griffes si je ne vois pas la couleur de celui-ci! Et j'entrai dans leur boutique à messes... Malheureusement, il y faisait noir comme dans la gueule de l'enfer. On y marchait et on y trébuchait sur de vieilles femmes à genoux, qui y marmottaient leurs patenôtres. Impossible de rien distinguer devant soi, lorsque à force de tâtonner pourtant dans cet infernal mélange d'obscurité et de carcasses de vieilles dévotes en prières, ma main rattrapa mon Mesnil, qui filait déjà le long de la contre-allée. Mais, croirez-vous bien qu'il ne voulut jamais me dire ce qu'il était venu faire dans cette galère d'Église?... Voilà pourquoi je vous le dénonce aujourd'hui, messieurs, pour que vous le forciez à s'expliquer.

- Allons, parle, Mesnil. Justifie-toi. Réponds à Rançonnet, cria-t-on de tous les coins de la salle.

- Me justifier! dit Mesnil, gaiement. Je n'ai pas à me justifier de faire ce qui me plaît. Vous qui clabaudez à coeur de journée contre l'Inquisition, est-ce que vous êtes des inquisiteurs en sens inverse, à présent? Je suis entré dans l'église, dimanche soir, parce que cela m'a plu.

- Et pourquoi cela t'a-t-il plu?... fit Mautravers, car si le Diable est logicien, un capitaine de cuirassiers peut bien l'être aussi.

- Ah! voilà! dit Mesnilgrand, en riant. J'y allais... qui sait? peut-être à confesse. J'ai du moins fait ouvrir la porte d'un confessionnal. Mais tu ne peux pas dire, Rançonnet, que ma confession ait trop duré?... " Ils voyaient bien qu'il se jouait d'eux... Mais il y avait dans cette jouerie quelque chose de mystérieux qui les agaçait.

" Ta confession! mille millions de flammes! Ton plongeon serait donc fait? " dit tristement Rançonnet, terrassé, qui prenait la chose au tragique. Puis, se rejetant devant sa pensée et se renversant comme un cheval cabré: " Mais non, cria-t-il, tonnerre de tonnerres! c'est impossible! Voyez-vous, vous autres, le chef d'escadron Mesnilgrand à confesse, comme une vieille bonne femme, à deux genoux sur le strapontin, le nez au guichet, dans la guérite d'un prêtre?

Voilà un spectacle qui ne m'entrera jamais dans le crâne!

Trente mille balles plutôt.

- Tu es bien bon ; je te remercie, fit Mesnilgrand avec une douceur comique, la douceur d'un agneau.

- Parlons sérieusement, dit Mautravers, je suis comme Rançonnet. Je ne croirai jamais à une capucinade d'un homme de ton calibre, mon brave Mesnil. Même à l'heure de la mort, les gens comme toi ne font pas un saut de grenouille effrayée dans un baquet d'eau bénite.

- A l'heure de la mort, je ne sais pas ce que vous ferez, messieurs, répondit lentement Mesnilgrand ; mais quant à moi, avant de partir pour l'autre monde, je veux faire à tout risque mon portemanteau. " Et, ce mot d'officier de cavalerie fut si gravement dit qu'il y eut un silence, comme celui du pistolet qui tirait, il n'y a qu'une minute, et tapageait, et dont la détente a cassé.

" Laissons cela, du reste, continua Mesnilgrand. Vous êtes à ce qu'il paraît, encore plus abrutis que moi par la guerre et par la vie que nous avons menée tous... Je n'ai rien à dire à l'incrédulité de vos âmes ; mais puisque toi, Rançonnet, tu tiens à toute force à savoir pourquoi ton camarade Mesnilgrand, que tu crois aussi athée que toi, est entré l'autre soir à l'église, je veux bien et je vais te le dire. Il y a une histoire là-dessous... Quand elle sera dite, tu comprendras peut-être, même sans croire à Dieu, qu'il y soit entré. " Il fit une pause comme pour donner plus de solennité à ce qu'il allait raconter, puis il reprit:

" Tu parlais de l'Espagne, Rançonnet. C'est justement en Espagne que mon histoire s'est passée. Plusieurs d'entre vous y ont fait la guerre fatale qui, dès 1808, commença le désastre de l'Empire et tous nos malheurs. Ceux qui l'ont faite, cette guerre-là, ne l'ont pas oubliée, et toi, par parenthèse, moins que personne, commandant Sélune! Tu en as le souvenir gravé assez avant sur la figure pour que tu ne puisses pas l'effacer. " Le commandant Sélune, assis auprès du vieux M. de Mesnilgrand, faisait face à Mesnil. C'était un homme d'une forte stature militaire et qui méritait de s'appeler le Balafré encore plus que le duc de Guise, car il avait reçu en Espagne, dans une affaire d'avant-poste, un immense coup de sabre courbe, si bien appliqué sur sa figure qu'elle en avait été fendue, nez et tout, en écharpe, de la tempe gauche jusqu'au-dessous de l'oreille droite. A l'état normal, ce n'aurait été qu'une terrible blessure d'un assez noble effet sur le visage d'un soldat ; mais le chirurgien qui avait rapproché les lèvres de cette plaie béante, pressé ou maladroit, les avait mal rejointes, et à la guerre comme à la guerre! On était en marche, et, pour en finir plus vite, il avait coupé avec des ciseaux le bourrelet de chair qui débordait de deux doigts l'un des côtés de la plaie fermée ; ce qui fit, non pas un sillon dans le visage de Sélune, mais un épouvantable ravin. C'était horrible, mais, après tout, grandiose. Quand le sang montait au visage de Sélune, qui était violent, la blessure rougissait, et c'était comme un large ruban rouge qui lui traversait sa face bronzée. " Tu portes, lui disait Mesnil au jour de leurs communes ambitions, ta croix de grand-officier de la Légion d'honneur sur la figure, avant de l'avoir sur la poitrine ; mais sois tranquille, elle y descendra! " Elle n'y était pas descendue ; l'Empire avait fini avant, Sélune n'était que chevalier.

" Eh bien, messieurs, continua Mesnilgrand, nous avons vu des choses bien atroces en Espagne, n'est-ce pas? et même nous en avons fait, mais je ne crois pas avoir vu rien de plus abominable que ce que je vais avoir l'honneur de vous raconter.

- Pour mon compte, dit nonchalamment Selune, avec la fatuité d'un vieil endurci qui n'entend pas qu'on l'émeuve de rien, pour mon compte, j'ai vu un jour quatre-vingts religieuses jetées l'une sur l'autre, à moitié mortes, dans un puits, après avoir été préalablement très bien violées chacune par deux escadrons.

- Brutalité de soldats! fit Mesnilgrand froidement ; mais voici du raffinement d'officier. " Il trempa sa lèvre dans son verre et, son regard cerclant la table et l'étreignant:

" Y a-t-il quelqu'un d'entre vous, messieurs, demanda-t-il, qui ait connu le major Ydow? " Personne ne répondit, excepté Rançonnet.

" Il y a moi, dit-il. Le major Ydow! si, je l'ai connu!

Eh! parbleu! il était avec moi au 8e dragons.

- puisque tu l'as connu, reprit Mesnilgrand, tu ne l'as pas connu seul. Il était arrivé au 8e dragons, arboré d'une femme...

- La Rosalba, dite " la Pudica", fit Rançonnet, sa fameuse... " Et il dit le mot crûment.

" Oui, repartit Mesnilgrand, pensivement, car une pareille femme ne méritait pas le nom de maîtresse, même de celle d'Ydow... Le major l'avait amenée d'Italie, où, avant de venir en Espagne, il servait dans un corps de réserve, avec le grade de capitaine. Comme il n'y a ici que toi, Rançonnet, qui l'ait connu, ce major Ydow, tu me permettras bien de le présenter à ces messieurs et de leur donner une idée de ce diable d'homme, dont l'arrivée au 8e dragons tapage a beaucoup quand il y entra, avec cette femme en sautoir... Il n'était pas Français, à ce qu'il paraît. Ce n'est pas tant pis pour la France. Il était ne je ne sais où et de je ne sais qui, en Illyrie ou en Bohême, je ne suis pas bien sûr... Mais, où qu'il fût né, il était étrange, ce qui est une manière d'être étranger partout. On l'aurait cru le produit d'un mélange de plusieurs races. Il disait, lui, qu'il fallait prononcer son nom à la grecque: Aiôou, pour Ydow, parce qu'il était d'origine grecque, et sa beauté l'aurait fait croire, car il était beau, et, le Diable m'emporte! peut-être trop pour un soldat. Qui sait si on ne tient pas moins à se faire casser la figure, quand on l'a aussi belle? On a pour soi le respect qu'on a pour les chefs-d'oeuvre. Tout chef-d'oeuvre qu'il fût, cependant, il allait au feu avec les autres ; mais quand on avait dit cela du major Ydow, on avait tout dit. Il faisait son devoir, mais il ne faisait jamais plus que son devoir. Il n'avait pas ce que l'Empereur appelait le feu sacré. Malgré sa beauté, dont je convenais très bien, d'ailleurs, je lui trouvais au fond une mauvaise figure sous ses traits superbes. Depuis que j'ai traîné dans les musées, où vous n'allez jamais, vous autres, j'ai rencontré la ressemblance du major Ydow. Je l'ai rencontrée très frappante dans un des bustes d'Antinoüs...

tenez! de celui-là auquel le caprice ou le mauvais goût du sculpteur a incrusté deux émeraudes dans le marbre des prunelles. Au lieu de marbre blanc les yeux vert de mer du major éclairaient un teint chaudement olivâtre et un angle facial irréprochable ; mais, dans la lueur de ces mélancoliques étoiles du soir, qui étaient ses yeux, ce qui dormait si voluptueusement ce n'était pas Endymion: c'était le tigre...

et, un jour, je l'ai vu s'éveiller!... Le major Ydow était, en même temps, brun et blond. Ses cheveux bouclaient très noirs et très serrés autour d'un front petit, aux tempes renflées, tandis que sa longue et soyeuse moustache avait le blond fauve et presque jaune de la martre zibeline... Signe (dit-on) de trahison ou de perfidie, qu'une chevelure et une barbe de couleur différente. Traître? le major l'aurait peut-être été plus tard. Il eût peut-être comme tant d'autres, trahi l'Empereur ; mais il ne devait pas en avoir le temps. Quand il vint au 8e dragons, il n'était probablement que faux, et encore pas assez pour ne pas en avoir l'air, comme le voulait le vieux malin de Souwarow, qui s'y connaissait... Fut-ce cet air-là qui commença son impopularité parmi ses camarades? Toujours est-il qu'il devint, en très peu de temps, la bête noire du régiment. Très fat d'une beauté à laquelle j'aurais préféré, moi, bien des laideurs de ma connaissance, il me semblait n'être, en somme, comme disent soldatesquement les soldats, qu'un miroir à... à ce que tu viens de nommer, Rançonnet, à propos de la Rosalba. Le major Ydow avait trente-cinq ans. Vous comprenez bien qu'avec cette beauté qui plaît à toutes les femmes, même aux plus fières, - c'est leur infirmité, - le major Ydow avait dû être horriblement gâté par elles et chamarré de tous les vices qu'elles donnent ; mais il avait aussi, disait-on, ceux qu'elles ne donnent pas et dont on ne se chamarre point... Certes, nous n'étions pas, comme tu le dirais, Rançonnet, des capucins dans ce temps-là. Nous étions même d'assez mauvais sujets, joueurs, libertins, coureurs de filles, duellistes, ivrognes au besoin, et mangeurs d'argent sous toutes les espèces. Nous n'avions guère le droit d'être difficiles. Eh bien, tels que nous étions alors, il passait pour bien pire que nous. Nous, il y avait des choses, - pas beaucoup! mais enfin il y en avait bien une ou deux, dont, si démons que nous fussions, nous n'aurions pas été capables. Mais lui (prétendait-on), il était capable de tout. Je n'étais pas dans le 8e dragons. Seulement, j'en connaissais tous les officiers. Ils parlaient de lui cruellement. Ils l'accusaient de servilité avec les chefs et de basse ambition. Ils suspectaient son caractère. Ils allèrent même jusqu'à le soupçonner d'espionnage, et même il se battit courageusement deux fois pour ce soupçon entre-exprimé ; mais l'opinion n'en fut pas changée. Il est toujours resté sur cet homme une brume qu'il n'a pu dissiper. De même qu'il était brun et blond à la fois, ce qui est assez rare, il était aussi à la fois heureux au jeu et heureux en femmes ; ce qui n'est pas l'usage non plus. On lui faisait payer bien cher ces bonheurs-là, du reste. Ces doubles succès, ses airs à la Lauzun, la jalousie qu'inspirait sa beauté,- car les hommes ont beau faire les forts et les indifférents quand il s'agit de laideur, et répéter le mot consolant qu'ils ont inventé: qu'un homme est toujours assez beau quand il ne fait pas peur à son cheval, ils sont, entre eux, aussi petitement et lâchement jaloux que les femmes entre elles - tout cet ensemble d'avantages était l'explication, sans doute, de l'antipathie dont il était l'objet ; antipathie qui, par haine, affectait les formes du mépris, car le mépris outrage plus que la haine, et la haine le sait bien!... Que de fois ne l'ai-je pas entendu traiter, entre le haut et le bas de la voix, de " dangereuse canaille ", quoique, s'il eût fallu prouver clairement qu'il en était une, on ne l'eût certainement pas pu... Et de fait, messieurs, encore au moment où je vous parle, il est incertain pour moi que le major Ydow fût ce qu'on disait qu'il était... Mais, tonnerre! ajouta Mesnilgrand avec une énergie mêlée à une horreur étrange, ce qu'on ne disait pas et ce qu'il a été un jour, je le sais, et cela me suffit!

- Cela nous suffira aussi, probablement, dit gaiement Rançonnet ; mais, sacrebleu! quel diable de rapport peut-il y avoir entre l'église où je t'ai vu entrer dimanche soir et ce damné major du 8e dragons, qui aurait pillé toutes les églises et toutes les cathédrales d'Espagne et de la chrétienté, pour faire des bijoux à sa coquine de femme avec l'or et les pierres précieuses des saints sacrements?

- Reste donc dans le rang, Rançonnet! fit Mesnil, comme s'il eût commandé un mouvement à son escadron, et tiens-toi tranquille! Tu seras donc toujours la même tête chaude, et partout impatient comme devant l'ennemi?

Laisse-moi manoeuvrer comme je l'entends, mon histoire.

- Eh bien, marche! " fit le bouillant capitaine, qui, pour se calmer, lampa un verre de Picardan. Et Mesnilgrand reprit:

" Il est bien probable que sans cette femme qui le suivait, et qu'on appelait sa femme, quoiqu'elle ne fût que sa maîtresse et qu'elle ne portât pas son nom, le major Ydow eût peu frayé avec les officiers du 8e dragons. Mais cette femme, qu'on supposait tout ce qu'elle était pour s'être agrafée à un pareil homme, empêcha qu'on ne fit autour du major le désert qu'on aurait fait sans elle. J'ai vu cela dans les régiments. Un homme y tombe en suspicion ou en discrédit, on n'a plus avec lui que de stricts rapports de service ; on ne camarade plus ; on n'a plus pour lui de poignées de main ; au café même, ce caravansérail d'officiers, dans l'atmosphère chaude et familière du café, où toutes les froideurs se fondent, on reste à distance, contraint et poli jusqu'à ce qu'on ne le soit plus et qu'on éclate, s'il vient le moment d'éclater. Vraisemblablement, c'est ce qui serait arrivé au major; mais une femme, c'est l'aimant du Diable! Ceux qui ne l'auraient pas vu pour lui, le virent pour elle. Qui n'aurait pas, au café, offert un verre de schnick au major, dédoublé de sa femme, le lui offrait en pensant à sa moitié, en calculant que c'était là un moyen d'être invité chez lui, où il serait possible de la rencontrer... Il y a une proportion d'arithmétique morale, écrite, avant qu'elle le fût par un philosophe sur du papier, dans la poitrine de tous les hommes, comme un encouragement du Démon: " c'est qu'il y a plus loin d'une femme à son premier amant, que de son premier au dixième ", et c'était, à ce qu'il semblait, plus vrai avec la femme du major qu'avec personne. Puisqu'elle s'était donnée à lui, elle pouvait bien se donner à un autre, et ma foi! tout le monde pouvait être cet autre-là! En un temps fort court, au 8e dragons, on sut combien il y avait peu d'audace dans cette espérance. Pour tous ceux qui ont le flair de la femme, et qui en respirent la vraie odeur à travers tous les voiles blancs et parfumés de vertu dans lesquels elle s'entortille, la Rosalba fut reconnue tout de suite pour la plus corrompue des femmes corrompues, - dans le mal, une perfection!

" Et je ne la calomnie point, n'est-ce pas, Rançonnet?...

Tu l'as eue peut-être, et si tu l'as eue, tu sais maintenant s'il fut jamais une plus brillante, une plus fascinante cristallisation de tous les vices! Où le major l'avait-il prise?...

D'où sortait-elle? Elle était si jeune! On n'osa pas, tout d'abord, se le demander ; mais ce ne fut pas long, l'hésitation! L'incendie - car elle n'incendia pas que le 8e dragons, mais mon régiment de hussards à moi, mais aussi, tu t'en souviens, Rançonnet, tous les états-majors du corps d'expédition dont nous faisions partie, - l'incendie qu'elle alluma prit très vite d'étranges proportions... Nous avions vu bien des femmes, maîtresses d'officiers, et suivant les régiments, quand les officiers pouvaient se payer le luxe d'une femme dans leurs bagages: les colonels fermaient les yeux sur cet abus, et quelquefois se le permettaient. Mais de femmes à la façon de cette Rosalba, nous n'en avions pas même l'idée.

Nous étions accoutumés à de belles filles, si vous voulez, mais presque toujours du même type, décidé, hardi, presque masculin, presque effronté ; le plus souvent de belles brunes plus ou moins passionnées, qui ressemblaient à de jeunes garçons, très piquantes et très voluptueuses sous l'uniforme que la fantaisie de leurs amants leur faisait porter quelquefois... Si les femmes d'officiers, légitimes et honnêtes, se reconnaissent des autres femmes par quelque chose de particulier, commun à elles toutes, et qui tient au milieu militaire dans lequel elles vivent, ce quelque chose-là est bien autrement marqué dans les maîtresses. Mais, la Rosalba du major Ydow n'avait rien de semblable aux aventurières de troupes et aux suiveuses de régiment dont nous avions l'habitude. Au premier abord, c'était une grande jeune fille pâle,- mais qui ne restait pas longtemps pâle, comme vous allez voir - avec une forêt de cheveux blonds. Voilà tout. Il n'y avait pas de quoi s'écrier. Sa blancheur de teint n'était pas plus blanche que celle de toutes les femmes à qui un sang frais et sain passe sous la peau. Ses cheveux blonds n'étaient pas de ce blond étincelant, qui a les fulgurances métalliques de l'or ou les teintes molles et endormies de l'ambre gris, que j'ai vu à quelques Suédoises. Elle avait le visage classique qu'on appelle un visage de camée, mais qui ne différait par aucun signe particulier de cette sorte de visage, si impatientant pour les âmes passionnées, avec son invariable correction et son unité. Au prendre ou au laisser, c'était certainement ce qu'on peut appeler une belle fille, dans l'ensemble de sa personne... Mais les philtres qu'elle faisait boire n'étaient point dans sa beauté... Ils étaient ailleurs...

Ils étaient où vous ne devineriez jamais qu'ils fussent... dans ce monstre d'impudicité qui osait s'appeler Rosalba, qui osait porter ce nom immaculé de Rosalba, qu'il ne faudrait donner qu'à l'innocence, et qui, non contente d'être la Rosalba, la Rose et Blanche, s'appelait encore la Pudique, la Pudica, par-dessus le marché!

- Virgile aussi s'appelait " le pudique ", et il a écrit le Corydon ardebat Alexim, insinua Reniant, qui n'avait pas oublié son latin.

- Et ce n'était pas une ironie, continua Mesnilgrand, que ce surnom de Rosalba, qui ne fut peint inventé par nous, mais que nous lûmes dès le premier jour sur son front, où la nature l'avait écrit avec toutes les roses de sa création.

La Rosalba n'était pas seulement une fille de l'air le plus étonnamment pudique pour ce qu'elle était ; c'était positivement la Pudeur elle-même. Elle eût été pure comme les Vierges du ciel, qui rougissent peut-être sous le regard des Anges, qu'elle n'eût pas été plus la Pudeur. Qui donc a dit- ce doit être un Anglais - que le monde est l'oeuvre du Diable, devenu fou? C'était sûrement ce Diable-là qui, dans un accès de folie, avait créé la Rosalba, pour se faire le plaisir... du Diable, de fricasser, l'une après l'autre, la volupté dans la pudeur, et la pudeur dans la volupté, et de pimenter, avec un condiment céleste, le ragoût infernal des jouissances qu'une femme puisse donner à des hommes mortels. La pudeur de la Rosalba n'était pas une simple physionomie, laquelle, par exemple, aurait, celle-là, renversé de fond en comble le système de Lavater. Non, chez elle, la pudeur n'était pas le dessus du panier ; elle était aussi bien le dessous que le dessus de la femme, et elle frissonnait et palpitait en elle autant dans le sang qu'à la peau. Ce n'était pas non plus une hypocrisie. Jamais le vice de Rosalba ne rendit cet hommage, pas plus qu'un autre, à la vertu. C'était réellement une vérité. La Rosalba était pudique comme elle était voluptueuse, et le plus extraordinaire, c'est qu'elle l'était en même temps. Quand elle disait ou faisait les choses les plus... osées, elle avait d'adorables manières de dire:

" J'ai honte! " que j'entends encore. Phénomène inouï! on était toujours au début avec elle, même après le dénouement.

Elle fût sortie d'une orgie de bacchantes, comme l'innocence de son premier péché. Jusque dans la femme vaincue, pâmée, à demi morte, on retrouvait la vierge confuse, avec la grâce toujours fraîche de ses troubles et le charme auroral de ses rougeurs... Jamais je ne pourrai vous faire comprendre les raffolements que ces contrastes vous mettaient au coeur ; le langage périrait à exprimer cela! " Il s'arrêta. Il y pensait, et ils y pensaient. Avec ce qu'il venait de dire, il avait, le croira-t-on? transformé en rêveurs ces soldats qui avaient vu tous les genres de feux, ces moines débauchés, ces vieux médecins, tous ces écumeurs de la vie et qui en étaient revenus. L'impétueux Rançonnet, lui-même, ne souffla mot. Il se souvenait.

" Vous sentez bien, reprit Mesnilgrand, que le phénomène ne fut connu que plus tard. Tout d'abord, quand elle arriva au 8e dragons, on ne vit qu'une fille extrêmement jolie quoique belle, dans le genre, par exemple, de la princesse Pauline Borghèse, la soeur de l'Empereur, à qui, du reste, elle ressemblait. La princesse Pauline avait aussi l'air idéalement chaste, et vous savez de quoi elle est morte... Mais Pauline n'avait pas en toute sa personne une goutte de pudeur pour teinter de rose la plus petite place de son corps charmant, tandis que la Rosalba en avait assez dans les veines pour rendre écarlates toutes les places du sien. Le mot naïf et étonné de la Borghèse, quand on lui demanda comment elle avait bien pu poser nue devant Canova: " Mais l'atelier était " chaud! Il y avait un poêle! " la Rosalba ne l'eût jamais dit. Si on lui eût adressé la même question, elle se serait enfuie en cachant son visage divinement pourpre dans ses mains divinement rosées. Seulement, soyez bien sûrs qu'en s'en allant, il y aurait eu par-derrière à sa robe un pli dans lequel auraient niché toutes les tentations de l'enfer!

" Telle donc elle était, cette Rosalba, dont le visage de vierge nous pipa tous, quand elle arriva au régiment. Le major Ydow aurait pu nous la présenter comme sa femme légitime, et même comme sa fille, que nous l'aurions cru.

Quoique ses yeux d'un bleu limpide fussent magnifiques, ils n'étaient jamais plus beaux que quand ils étaient baissés.

L'expression des paupières l'emportait sur l'expression du regard. Pour des gens qui avaient roulé la guerre et les femmes, et quelles femmes! ce fut une sensation nouvelle que cette créature à qui, comme on dit avec une expression vulgaire, mais énergique, " on aurait donné le bon Dieu sans "confession". Quelle sacrée jolie fille! se soufflaient à l'oreille les anciens, les vieux routiers ; mais quelle mijaurée! Comment s'y prend-elle pour rendre le major heureux?... Il le savait, lui, et il ne le disait pas... Il buvait son bonheur en silence, comme les vrais ivrognes, qui boivent seuls. Il ne renseignait personne sur la félicité cachée qui le rendait discret et fidèle pour la première fois de sa vie, lui, le Lauzun de garnison, le fat le plus carabiné et le plus fastueux, et qu'à Naples, rapportaient des officiers qui l'y avaient connu, on appelait le tambour-major de la séduction!

Sa beauté, dont il était si vain, aurait fait tomber toutes les filles d'Espagne à ses pieds, qu'il n'en eût pas ramassé une.

A cette époque, nous étions sur les frontières de l'Espagne et du Portugal, les Anglais devant nous, et nous occupions dans nos marches les villes les moins hostiles au roi Joseph.

Le major Ydow et la Rosalba y vivaient ensemble, comme ils eussent fait dans une ville de garnison en temps de paix.

Vous vous souvenez des acharnements de cette guerre d'Espagne, de cette guerre furieuse et lente, qui ne ressemblait à aucune autre, car nous ne nous battions pas ici simplement pour la conquête, mais pour implanter une dynastie et une organisation nouvelle dans un pays qu'il fallait d'abord conquérir. Aucun de vous n'a oublié qu'au milieu de ces acharnements il y avait des pauses, et que, dans l'entre-deux des batailles les plus terribles, au sein de cette contrée envahie dont une partie était à nous, nous nous amusions à donner des fêtes aux Espagnoles le plus afrancesadas des villes que nous occupions. C'est dans ces fêtes que la femme du major Ydow, comme on disait, déjà fort remarquée, passa à l'état de célébrité. Et de fait, elle se mit à briller au milieu de ces filles brunes d'Espagne, comme un diamant dans une torsade de jais. Ce fut là qu'elle commença de produire sur les hommes ces effets d'acharnement qui tenaient, sans doute, à la composition diabolique de son être, et qui faisaient d'elle la plus enragée des courtisanes, avec la figure d'une des plus célestes madones de Raphaël.

" Alors les passions s'allumèrent et allèrent leur train, faisant leur feu dans l'ombre. Au bout d'un certain temps, tous flambèrent, même des vieux, même des officiers généraux qui avaient l'âge d'être sages, tous flambèrent pour " la Pudica ", comme on trouva piquant de l'appeler. Partout et autour d'elle les prétentions s'affichèrent ; puis les coquetteries, puis l'éclat des duels, enfin tout le tremblement d'une vie de femme devenue le centre de la galanterie la plus passionnée, au milieu d'hommes indomptables qui avaient toujours le sabre à la main. Elle fut le sultan de ces redoutables odalisques, et elle jeta le mouchoir à qui lui plut, et beaucoup lui plurent. Quant au major Ydow, il laissa faire et laissa dire... Était-il assez fat pour n'être pas jaloux, ou, se sentant haï et méprisé, pour jouir, dans son orgueil de possesseur, des passions qu'inspirait à ses ennemis la femme dont il était le maître?... Il n'était guère possible qu'il ne s'aperçût de quelque chose. J'ai vu parfois son oeil d'émeraude passer au noir de l'escarboucle, en regardant tel de nous que l'opinion du moment soupçonnait d'être l'amant de sa moitié ; mais il se contenait... Et, comme on pensait toujours de lui ce qu'il y avait de plus insultant, on imputait son calme indifférent ou son aveuglement volontaire à des motifs de la plus abjecte espèce. On pensait que sa femme était encore moins un piédestal à sa vanité qu'une échelle à son ambition. Cela se disait comme ces choses-là se disent, et il ne les entendait pas. Moi qui avais des raisons pour l'observer, et qui trouvais sans justice la haine et le mépris qu'on lui portait, je me demandais s'il y avait plus de faiblesse que de force, ou de force que de faiblesse, dans l'attitude sombrement impassible de cet homme trahi journellement par sa maîtresse, et qui ne laissait rien paraître des morsures de sa jalousie. Par Dieu! nous avons tous, messieurs, connu de ces hommes assez fanatisés d'une femme pour croire en elle, quand on l'accuse, et qui, au lieu de se venger quand la certitude absolue d'une trahison pénètre dans leur âme, préfèrent s'enfoncer dans leur bonheur lâche, et en tirer, comme une couverture par-dessus leur tête, l'ignominie!

"Le major Ydow était-il de ceux-là? Peut-être. Mais, certes! la Pudica était bien capable d'avoir soufflé en lui ce fanatisme dégradant. La Circé antique, qui changeait les hommes en bêtes, n'était rien en comparaison de cette Pudica, de cette Messaline-Vierge, avant, pendant et après.

Avec les passions qui brûlaient au fond de son être et celles dont elle embrasait tous ces officiers, peu délicats en matière de femmes, elle fut bien vite compromise, mais elle ne se compromit pas. Il faut bien entendre cette nuance. Elle ne donnait pas prise sur elle ouvertement par sa conduite. Si elle avait un amant, c'était un secret entre elle et son alcôve.

Extérieurement, le major Ydow n'avait pas l'étoffe du plus petit bout de scène à lui faire. L'aurait-elle aimé, par hasard?... Elle demeurait avec lui, et elle aurait pu sûrement, si elle avait voulu, s'attacher à la fortune d'un autre. J'ai connu un maréchal de l'Empire assez fou d'elle pour lui tailler un manche d'ombrelle dans son bâton de maréchal.

Mais c'est encore ici comme ces hommes dont je vous parlais. Il y a des femmes qui aiment... ce n'est pas leur amant que je veux dire, quoique ce soit leur amant aussi. Les carpes regrettent leur bourbe, disait Mme de Maintenon. La Rosalba ne voulut pas regretter la sienne. Elle n'en sortit pas, et moi j'y entrai.

- Tu coupes les transitions avec ton sabre! fit le capitaine Mautravers.

- Parbleu! repartit Mesnilgrand, qu'ai-je à respecter?

Vous savez tous la chanson qu'on chantait au XVIIIe siècle:

Quand Boufflers parut à la cour, On crut voir la reine d'amour.

Chacun s'empressait à lui plaire, Et chacun l'avait... à son tour!

" J'eus donc mon tour. J'en avais eu, des femmes, et par paquets! Mais qu'il y en eût une seule comme cette Rosalba, je ne m'en doutais pas. La bourbe fut un paradis. Je ne m'en vais pas vous faire des analyses à la façon des romanciers.

J'étais un homme d'action, brutal sur l'article, comme le comte Almaviva, et je n'avais pas d'amour pour elle dans le sens élevé et romanesque qu'on donne à ce mot ; moi tout le premier... Ni l'âme, ni l'esprit, ni la vanité, ne furent pour quelque chose dans l'espèce de bonheur qu'elle me prodigua ; mais ce bonheur n'eut pas du tout la légèreté d'une fantaisie. Je ne croyais pas que la sensualité pût être profonde. Ce fut la plus profonde des sensualités. Figurez-vous une de ces belles pêches, à chair rouge, dans lesquelles on mord à belles dents, ou plutôt ne vous figurez rien... Il n'y a pas de figures pour exprimer le plaisir qui jaillissait de cette pêche humaine, rougissant sous le regard le moins appuyé comme si vous l'aviez mordue. Imaginez ce que c'était quand, au lieu du regard, on mettait la lèvre ou la dent de la passion dans cette chair émue et sanguine. Ah! le corps de cette femme était sa seule âme! Et c'est avec ce corps-là qu'elle me donna, un soir, une fête qui vous fera juger d'elle mieux que tout ce que je pourrais ajouter. Oui, un soir, n'eut-elle pas l'audace et l'indécence de me recevoir, n'ayant pour tout vêtement qu'une mousseline des Indes transparente, une nuée, une vapeur, à travers laquelle on voyait ce corps, dont la forme était la seule pureté et qui se teignait du double vermillon mobile de la volupté et de la pudeur!... Que le Diable m'emporte si elle ne ressemblait pas, sous sa nuée blanche, à une statue de corail vivant! Aussi, depuis ce temps, je me suis soucié de la blancheur des autres femmes comme de ça! " Et Mesnilgrand envoya d'une chiquenaude une peau d'orange à la corniche, par-dessus la tête du représentant Le Carpentier, qui avait fait tomber celle du roi.

" Notre liaison dura quelque temps, continua-t-il, mais ne croyez pas que je me blasai d'elle. On ne s'en blasait pas.

Dans la sensation, qui est finie, comme disent les philosophes en leur infâme baragouin, elle transportait l'infini! Non, si je la quittai, ce fut pour une raison de dégoût moral, de fierté pour moi, de mépris pour elle, pour elle qui, au plus fort des caresses les plus insensées, ne me faisait pas croire qu'elle m'aimât... Quand je lui demandais: M'aimes-tu? ce mot qu'il est impossible de ne pas dire, même à travers toutes les preuves qu'on vous donne que vous êtes aimé, elle répondait: " Non!" ou secouait énigmatiquement la tête. Elle se roulait dans ses pudeurs et dans ses hontes, et elle restait là-dessous, au milieu de tous les désordres de sens soulevés, impénétrable comme le sphinx. Seulement, le sphinx était froid, et elle ne l'était pas... Eh bien, cette impénétrabilité qui m'impatientait et m'irritait, puis encore la certitude que j'eus bientôt des fantaisies à la Catherine II qu'elle se permettait, furent la double cause du vigoureux coup de caveçon que j'eus la force de donner pour sortir des bras tout-puissants de cette femme, l'abreuvoir de tous les désirs! Je la quittai ou plutôt je ne revins plus à elle.

Mais je gardai l'idée qu'une seconde femme comme celle-là n'était pas possible ; et de penser cela me rendit désormais fort tranquille et fort indifférent avec toutes les femmes. Ah! elle m'a parachevé comme officier. Après elle, je n'ai plus pensé qu'à mon service. Elle m'avait trempé dans le Styx.

- Et tu es devenu tout à fait Achille! dit le vieux M. de Mesnilgrand, avec orgueil.

- Je ne sais pas ce que je suis devenu, reprit Mesnilgrand ; mais je sais bien qu'après notre rupture, le major Ydow, qui était avec moi dans les mêmes termes qu'avec tous les officiers de la division, nous apprit un jour, au café, que sa femme était enceinte, et qu'il aurait bientôt la joie d'être père. A cette nouvelle inattendue, les uns se regardèrent, les autres sourirent, mais il ne le vit pas ou, l'ayant vu, il n'y prit garde, résolu qu'il était probablement, à ne faire jamais attention qu'à ce qui était une injure directe.

Quand il fut sorti: " L'enfant est-il de toi, Mesnil? " me demanda à l'oreille un de mes camarades ; et, dans ma conscience, une voix secrète, une voix plus précise que la sienne, me répéta la même question. Je n'osais me répondre. Elle, la Rosalba, dans nos tête-à-tête les plus abandonnés, ne m'avait jamais dit un mot de cet enfant, qui pouvait être de moi, ou du major, ou même d'un autre...

- L'enfant du drapeau! interrompit Mautravers, comme s'il eût donné un coup de pointe avec sa latte de cuirassier.

- Jamais, reprit Mesnilgrand, elle n'avait fait la moindre allusion à sa grossesse, mais quoi d'étonnant? C'était, je vous l'ai dit, un sphinx que la Pudica, un sphinx qui dévorait le plaisir silencieusement et gardait son secret. Rien du coeur ne traversait les cloisons physiques de cette femme, ouverte au plaisir seul... et chez qui la pudeur était sans doute la première peur, le premier frisson, le premier embrasement du plaisir! Cela me fit un effet singulier de la savoir enceinte. Convenons-en, messieurs, à présent que nous sommes sortis de la vie bestiale des passions: ce qu'il y a de plus affreux dans les amours partagées, - cette gamelle! ce n'est pas seulement la malpropreté du partage, mais c'est l'égarement du sentiment paternel ; c'est cette anxiété terrible qui vous empêche d'écouter la voix de la nature, et qui l'étouffe dans un doute dont il est impossible de sortir. On se dit: Est-ce à moi, cet enfant?... Incertitude qui vous poursuit comme la punition du partage, de l'indigne partage auquel on s'est honteusement soumis! Si on pensait longtemps à cela, quand on a du coeur, on deviendrait fou ; mais la vie, la vie puissante et légère, vous reprend de son flot et vous emporte, comme le bouchon en liège d'une ligne rompue. - Après cette déclaration, faite à nous tous par le major Ydow, le petit tressaillement paternel que j'avais cru sentir dans mes entrailles s'apaisa. Rien ne bougea plus... Il est vrai qu'à quelques jours plus tard j'avais bien autre chose à penser qu'au bambin de la Pudica. Nous nous battions à Talavera, où le commandant Titan, du 9e hussards, fut tué à la première charge, et où je fus obligé de prendre le commandement de l'escadron.

" Cette rude peignée de Talavera exaspéra la guerre que nous faisions. Nous nous trouvâmes plus souvent en marche, plus serrés, plus inquiétés par l'ennemi, et forcément il fut moins question de la Pudica entre nous. Elle suivait le régiment en char à bancs, et ce fut là, dit-on, qu'elle accoucha d'un enfant que le major Ydow, qui croyait en sa paternité, se mit à aimer comme si réellement cet enfant avait été le sien. Du moins, quand cet enfant mourut, car il mourut quelques mois après sa naissance, le major eut un chagrin très exalté, un chagrin à folies, et on n'en rit pas dans le régiment.

Pour la première fois, l'antipathie dont il était l'objet se tut.

On le plaignit beaucoup plus que la mère qui, si elle pleura sa géniture, n'en continua pas moins d'être la Rosalba que nous connaissions tous, cette singulière catin arrosée de pudeur par le Diable, qui avait, malgré ses moeurs, conservé la faculté, qui tenait du prodige, de rougir jusqu'à l'épine dorsale deux cents fois par jour! Sa beauté ne diminua pas.

Elle résistait à toutes les avaries. Et, cependant, la vie qu'elle menait devait faire très vite d'elle ce qu'on appelle entre cavaliers une vieille chabraque, si cette vie de perdition avait duré.

- Elle n'a donc pas duré? Tu sais donc, toi, ce que cette chienne de femme-là est devenue? fit Rançonnet, haletant d'intérêt excité, et oubliant pour une minute cette visite à l'église qui le tenait si dru.

- Oui, fit Mesnilgrand, concentrant sa voix comme s'il avait touché au point le plus profond par son histoire. Tu as cru, comme tout le monde, qu'elle avait sombré avec Ydow dans le tourbillon de guerre et d'événements qui nous a enveloppés et, pour la plupart de nous, dispersés et fait disparaître. Mais je vais aujourd'hui te révéler le destin de cette Rosalba. " Le capitaine Rançonnet s'accouda sur la table en prenant dans sa large main son verre, qu'il y laissa, et qu'il serra comme la poignée d'un sabre, tout en écoutant.

" La guerre ne cessait pas, reprit Mesnilgrand. Ces patients dans la fureur, qui ont mis cinq cents ans à chasser les Maures, auraient mis, s'il l'avait fallu, autant de temps à nous chasser. Nous n'avancions dans le pays qu'à la condition de surveiller chaque pas que nous y faisions. Les villages envahis étaient immédiatement fortifiés par nous, et nous les retournions contre l'ennemi. Le petit bourg d'Alcudia, dont nous nous emparâmes, fut notre garnison assez de temps. Un vaste couvent y fut transformé en caserne ; mais l'état-major se répartit dans les maisons du bourg, et le major Ydow eut celle de l'alcade. Or, comme cette maison était la plus spacieuse, le major Ydow y recevait quelquefois le soir le corps des officiers, car nous ne voyions plus que nous.

Nous avions rompu avec les afrancesados, nous défiant d'eux, tant la haine pour les Français gagnait du terrain! Dans ces réunions entre nous, quelquefois interrompues par les coups de feu de l'ennemi à nos avant-postes, la Rosalba nous faisait les honneurs de quelque punch, avec cet air incomparablement chaste que j'ai toujours pris pour une plaisanterie du Démon. Elle y choisissait ses victimes ; mais je ne regardais pas à mes successeurs. J'avais ôté mon âme de cette liaison, et, d'ailleurs, je ne traînais après moi, comme l'a dit je ne sais plus qui, la chaîne rompue d'aucune espérance trompée. Je n'avais ni dépit, ni jalousie, ni ressentiment. Je regardais vivre et agir cette femme, qui m'intéressait comme spectateur, et qui cachait les déportements du vice le plus impudent sous les déconcertements les plus charmants de l'innocence. J'allais donc chez elle, et devant le monde elle m'y parlait avec la simplicité presque timide d'une jeune fille, rencontrée par hasard à la fontaine ou dans le fond du bois. L'ivresse, le tournoiement de tête, la rage des sens qu'elle avait allumée en moi, toutes ces choses terribles n'étaient plus. Je les tenais pour dissipées, évanouies, impossibles! Seulement, lorsque je retrouvais inépuisable cette nuance d'incarnat qui lui teignait le front pour un mot ou pour un regard, je ne pouvais m'empêcher d'éprouver la sensation de l'homme qui regarde dans son verre vidé la dernière goutte du champagne rosé qu'il vient de boire, et qui est tenté de faire rubis sur l'ongle, avec cette dernière goutte oubliée.

" Je le lui dis, un soir. Ce soir-là, j'étais seul chez elle.

" J'avais quitté le café de bonne heure, et j'y avais laissé le corps d'officiers engagé dans des parties de cartes et de billard, et jouant un jeu très vif. C'était le soir, mais un soir d'Espagne où le soleil torride avait peine à s'arracher du ciel. Je la trouvai à peine vêtue, les épaules au vent, embrasées par une chaleur africaine, les bras nus, ces beaux bras dans lesquels j'avais tant mordu et qui, dans de certains moments d'émotion que j'avais si souvent fait naître, devenaient, comme disent les peintres, du ton de l'intérieur des fraises. Ses cheveux, appesantis par la chaleur, croulaient lourdement sur sa nuque dorée, et elle était belle ainsi, dèchevelée, négligée, languissante à tenter Satan et à venger Eve a moitié couchée sur un guéridon, elle écrivait... Or, si elle écrivait, la Pudica, c'était, pas de doute! à quelque amant, pour quelque rendez-vous, pour quelque infidélité nouvelle au major Ydow, qui les dévorait toutes, comme elle dévorait le plaisir, en silence. Lorsque j'entrai, sa lettre était écrite, et elle faisait fondre pour la cacheter, à la flamme d'une bougie, de la cire bleue pailletée d'argent, que je vois encore, et vous allez savoir, tout à l'heure, pourquoi le souvenir de cette cire bleue pailletée d'argent m'est resté si clair.

"- Où est le major? " me dit-elle, me voyant entrer, troublée déjà, mais elle était toujours troublée, cette femme qui faisait croire à l'orgueil et aux sens des hommes qu'elle était émue devant eux!

"- Il joue frénétiquement ce soir", lui répondis-je, en riant et en regardant avec convoitise cette friandise de flocon rose qui venait de lui monter au front ; " et moi, j'ai ce soir une autre frénésie. "

" Elle me comprit. Rien ne l'étonnait. Elle était faite aux désirs qu'elle allumait chez les hommes, qu'elle aurait ramenés en face d'elle de tous les horizons.

" - Bah! " fit-elle lentement, quoique la teinte d'incarnat que je voulais boire sur son adorable et exécrable visage se fût foncée à la pensée que je lui donnais. " Bah! vos frénésies à vous sont finies. " Et elle mit le cachet sur la cire bouillante de la lettre, qui s'éteignit et se figea.

" - Tenez! dit-elle, insolemment provocante, voilà votre image! C'était brûlant il n'y a qu'une seconde, et c'est " froid. "

" Et, tout en disant cela, elle retourna la lettre et se pencha pour en écrire l'adresse.

" Faut-il que je le répète jusqu'à satiété? Certes! je n'étais pas jaloux de cette femme: mais nous sommes tous les mêmes. Malgré moi, je voulus voir à qui elle écrivait, et pour cela, ne m'étant pas assis encore, je m'inclinai par-dessus sa tête ; mais mon regard fut intercepté par l'entre-deux de ses épaules, par cette fente enivrante et duvetée où j'avais fait ruisseler tant de baisers, et, ma foi! magnétisé par cette vue, j'en fis tomber un de plus dans ce ruisseau d'amour, et cette sensation l'empêcha d'écrire... Elle releva sa tête de la table où elle était penchée, comme si on lui eût piqué les reins d'une pointe de feu, se cambrant sur le dossier de son fauteuil, la tête renversée ; elle me regardait, dans ce mélange de désir et de confusion qui était son charme, les yeux en l'air et tournés vers moi, qui étais derrière elle, et qui fis descendre dans la rose mouillée de sa bouche entrouverte ce que je venais de faire tomber dans l'entre-deux de ses épaules.

" Cette sensitive avait des nerfs de tigre. Tout à coup, elle bondit:

" Voilà le major qui monte, me dit-elle. Il aura perdu, il est jaloux quand il a perdu. Il va me faire une scène affreuse. Voyons! mettez-vous là.... je vais le faire " partir. " Et, se levant, elle ouvrit un grand placard dans lequel elle pendait ses robes, et elle m'y poussa. Je crois qu'il y a bien peu d'hommes qui n'aient été mis dans quelque placard, à l'arrivée du mari ou du possesseur en titre...

- Je te trouve heureux avec ton placard! dit Sélune ; je suis entré un jour dans un sac à charbon, moi! C'était, bien entendu, avant ma sacrée blessure. J'étais dans les hussards blancs, alors. Je vous demande dans quel état je suis sorti de mon sac à charbon!

- Oui, reprit amèrement Mesnilgrand, c'est encore là un des revenants-bons de l'adultère et du partage! En ces moments-là, les plus fendants ne sont pas fiers, et, par générosité pour une femme épouvantée, ils deviennent aussi lâches qu'elle, et font cette lâcheté de se cacher. J'en ai, je crois, mal au coeur encore d'être entré dans ce placard, en uniforme et le sabre au côté, et, comble de ridicule! pour une femme qui n'avait pas d'honneur à perdre et que je n'aimais pas!

" Mais je n'eus pas le temps de m'appesantir sur cette bassesse d'être là, comme un écolier dans les ténèbres de mon placard et les frôlements sur mon visage de ses robes, qui sentaient son corps à me griser. Seulement, ce que j'entendis me tira bientôt de ma sensation voluptueuse. Le major était entré. Elle l'avait deviné, il était d'une humeur massacrante, et comme elle l'avait dit, dans un accès de jalousie, et d'une jalousie d'autant plus explosive qu'avec nous tous il la cachait. Disposé au soupçon et à la colère comme il l'était, son regard alla probablement à cette lettre restée sur la table, et à laquelle mes deux baisers avaient empêché la Pudica de mettre l'adresse.

"- Qu'est-ce que c'est que cette lettre?... fit-il, d'une voix rude.

" - C'est une lettre pour l'Italie ", dit tranquillement la Pudica.

" Il ne fut pas dupe de cette placide réponse.

" - Cela n'est pas vrai! " dit-il grossièrement, car vous n'aviez pas besoin de gratter beaucoup le Lauzun dans cet homme pour y retrouver le soudard ; et je compris, à ce seul mot, la vie intime de ces deux êtres, qui engloutissaient entre eux deux des scènes de toute espèce, et dont, ce jour-là, j'allais avoir un spécimen. Je l'eus, en effet, du fond de mon placard. Je ne les voyais pas, mais je les entendais ; et les entendre, pour moi, c'était les voir. Il y avait leurs gestes dans leurs paroles et dans les intonations de leurs voix, qui montèrent en quelques instants au diapason de toutes les fureurs. Le major insista pour qu'on lui montrât cette lettre sans adresse, et la Pudica, qui l'avait saisie, refusa opiniâtrement de la donner. C'est alors qu'il voulut la prendre de force. J'entendis les froissements et les piétinements d'une lutte entre eux, mais vous devinez bien que le major fut plus fort que sa femme. Il prit donc la lettre et la lut. C'était un rendez-vous d'amour à un homme, et la lettre disait que cet homme avait été heureux et qu'on lui offrait le bonheur encore... Mais cet homme-là n'était pas nommé. Absurdement curieux comme tous les jaloux, le major chercha en vain le nom de l'homme pour qui on le trompait... Et la Pudica fut vengée de cette prise de lettre, arrachée à sa main meurtrie et peut-être ensanglantée, car elle avait crié pendant la lutte: " Vous me déchirez la main, misérable!" Ivre de ne rien savoir, défié et moqué par cette lettre qui ne le renseignait que sur une chose, c'est qu'elle avait un amant, - un amant de plus, - le major Ydow tomba dans une de ces rages qui déshonorent le caractère d'un homme, et cribla la Pudica d'injures ignobles, d'injures de cocher. Je crus qu'il la rouerait de coups. Les coups allaient venir, mais un peu plus tard. Il lui reprocha, - en quels termes! d'être...

tout ce qu'elle était. Il fut, brutal, abject, révoltant ; et elle, à toute cette fureur, répondit en vraie femme qui n'a plus rien à ménager, qui connaît jusqu'à l'axe l'homme à qui elle s'est accouplée, et qui sait que la bataille éternelle est au fond de cette bauge de la vie à deux. Elle fut moins ignoble, mais plus atroce, plus insultante et plus cruelle dans sa froideur, que lui dans sa colère. Elle fut insolente, ironique, riant du rire hystérique de la haine dans son paroxysme le plus aigu, et répondant au torrent d'injures que le major lui vomissait à la face par de ces mots comme les femmes en trouvent, quand elles veulent nous rendre fous, et qui tombent sur nos violences et dans nos soulèvements comme des grenades à feu dans de la poudre. De tous ces mots outrageants à froid qu'elle aiguisait, celui avec lequel elle le dardait le plus, c'est qu'elle ne l'aimait pas - qu'elle ne l'avait jamais aimé:

" Jamais! jamais! jamais! " répétait-elle, avec une furie joyeuse, comme si elle lui eût dansé des entrechats sur le coeur! - Or, cette idée - qu'elle ne l'avait jamais aimé - était ce qu'il y avait de plus féroce, de plus affolant pour ce fat heureux, pour cet homme dont la beauté avait fait ravage, et qui, derrière son amour pour elle, avait encore sa vanité! Aussi arriva-t-il une minute où, n'y tenant plus, sous le dard de ce mot, impitoyablement répété, qu'elle ne l'avait jamais aimé, et qu'il ne voulait pas croire, et qu'il repoussait toujours:

" - Et notre enfant? " objecta-t-il, l'insensé! comme si c'était une preuve, et comme s'il eût invoqué un souvenir!

"- Ah! notre enfant! fit-elle, en éclatant de rire. Il n'était pas de toi! "

" J'imaginai ce qui dut se passer dans les yeux verts du major, en entendant son miaulement étranglé de chat sauvage. Il poussa un juron à fendre le ciel. " Et de qui est-il? garce maudite!" demanda-t-il, avec quelque chose qui n'était plus une voix.

" Mais elle continua de rire comme une hyène.

" - Tu ne le sauras pas! " dit-elle, en le narguant. Et elle le cingla de ce tu ne le sauras pas! mille fois répété, mille fois infligé à ses oreilles ; et quand elle fut lasse de le dire,- le croiriez-vous? - elle le lui chanta comme une fanfare! Puis, quand elle l'eut assez fouetté avec ce mot, assez fait tourner comme une toupie sous le fouet de ce mot, assez roulé avec ce mot dans les spirales de l'anxiété et de l'incertitude, cet homme, hors de lui, et qui n'était plus entre ses mains qu'une marionnette qu'elle allait casser ; quand, cynique à force de haine, elle lui eut dit, en les nommant par tous leurs noms, les amants qu'elle avait eus, et qu'elle eut fait le tour du corps d'officiers tout entier: " Je les ai eus tous, cria-t-elle, mais ils ne m'ont pas eue, eux! Et cet enfant que tu es assez bête pour croire le tien, a été fait par le seul homme que j'aie jamais aimé! que j'aie jamais idolâtré! Et tu ne l'as pas deviné? Et tu ne le devines pas encore? "

" Elle mentait. Elle n'avait jamais aimé un homme. Mais elle savait bien que le coup de poignard pour le major était dans ce mensonge, et elle l'en dagua, elle l'en larda, elle l'en hacha, et quand elle en eut assez d'être le bourreau de ce supplice, elle lui enfonça, pour en finir, comme on enfonce un couteau jusqu'au manche, son dernier aveu dans le coeur:

" - Eh bien! fit-elle, puisque tu ne devines pas, jette ta langue aux chiens, imbécile! C'est le capitaine Mesnilgrand. "

" Elle mentait probablement encore, mais je n'en étais pas si sûr, et mon nom, ainsi prononcé par elle, m'atteignit comme une balle à travers mon placard. Après ce nom, il y eut un silence comme après un égorgeaient. " L'a-t-il tuée au lieu de lui répondre? " pensé-je lorsque j'entendis le bruit d'un cristal jeté violemment sur le sol, et qui y volait en mille pièces.

" Je vous ai dit que le major Ydow avait eu, pour l'enfant qu'il croyait le sien, un amour paternel immense et, quand il l'avait perdu, un de ces chagrins à folies, dont notre néant voudrait éterniser et matérialiser la durée. Dans l'impossibilité où il était, avec sa vie militaire en campagne, d'élever à son fils un tombeau qu'il aurait visité chaque jour, - cette idolâtrie de la tombe! - le major Ydow avait fait embaumer le coeur de son fils pour mieux l'emporter avec lui partout, et il l'avait déposé pieusement dans une urne de cristal, habituellement placée sur une encoignure, dans sa chambre à coucher. C'était cette urne qui volait en morceaux.

"- Ah! il n'était pas à moi, abominable gouge!" s'écria-t-il. Et j'entendis, sous sa botte de dragon, grincer et s'écraser le cristal de l'urne, et piétiner le coeur de l'enfant qu'il avait cru son fils! Sans doute, elle voulut le ramasser, elle! l'enlever, le lui prendre, car je l'entendis qui se précipita ; et les bruits de lutte recommencèrent, mais avec un autre, - le bruit des coups.

“ - Eh bien, puisque tu le veux, le voilà, le coeur de ton marmot, catin déhontée!" dit le major. Et il lui battit la figure de ce coeur qu'il avait adoré, et le lui lança à la tête comme un projectile. L'abîme appelle l'abîme, dit-on. Le sacrilège créa le sacrilège. La Pudica, hors d'elle, fit ce qu'avait fait le major. Elle rejeta à sa tête le coeur de cet enfant, qu'elle aurait peut-être gardé s'il n'avait pas été de lui, l'homme exécré, à qui elle eût voulu rendre torture pour torture, ignominie pour ignominie! C'est la première fois, certainement, que si hideuse chose se soit vue! un père et une mère se souffletant tour à tour le visage, avec le coeur de leur enfant! "Cela dura quelques minutes, ce combat impie... Et c'était si étonnamment tragique, que je ne pensai pas tout de suite à peser de l'épaule sur la porte du placard, pour la briser et intervenir... quand un cri comme je n'en ai jamais entendu, ni vous non plus, messieurs, - et nous en avons pourtant entendu d'assez affreux sur les champs de bataille!

- me donna la force d'enfoncer la perte du placard, et je vis... ce que je ne reverrai jamais! La Pudica, terrassée, était tombée sur la table où elle avait écrit, et le major l'y retenait d'un poignet de fer, tous voiles relevés, son beau corps à nu, tordu, comme un serpent coupé, sous son étreinte. Mais que croyez-vous qu'il faisait de son autre main, messieurs?...

Cette table à écrire, la bougie allumée, la cire à côté, toutes ces circonstances avaient donné au major une idée infernale,- l'idée de cacheter cette femme, comme elle avait cacheté sa lettre - et il était dans l'acharnement de ce monstrueux cachetage, de cette effroyable vengeance d'amant perversement jaloux!

“ - Sois punie par où tu as péché, fille infâme! " criait-il.

“ Il ne me vit pas. Il était penché sur sa victime qui ne criait plus, et c'était le pommeau de son sabre qu'il enfonçait dans la cire bouillante et qui lui servait de cachet! Je bondis sur lui ; je ne lui dis même pas de se défendre, et je lui plongeai mon sabre jusqu'à la garde dans le dos, entre les épaules, et j'aurais voulu, du même coup, lui plonger ma main et mon bras avec mon sabre à travers le corps, pour le tuer mieux!- Tu as bien fait, Mesnil! dit le commandant Sélune ; il ne méritait pas d'être tué par-devant, comme un de nous, ce brigand-là!

- Eh! mais c'est l'aventure d'Abélard, transposée à Héloïse! fit l'abbé Reniant.

- Un beau cas de chirurgie, dit le docteur Bleny, et rare! " Mais Mesnilgrand, lancé, passa outre:

" Il était, reprit-il, tombé mort sur le corps de sa femme évanouie. Je l'en arrachai, le jetai là, et poussai du pied le cadavre. Au cri que la Pudica avait jeté, à ce cri sorti comme d'une vulve de louve, tant il était sauvage! et qui me vibrait encore dans les entrailles, une femme de chambre était montée. " Allez chercher le chirurgien du 8e dragons ; il y a ici de la besogne pour lui, ce soir. " Mais je n'eus pas le temps d'attendre le chirurgien. Tout à coup, un boute-selle furieux sonna, appelant aux armes. C'était l'ennemi qui nous surprenait et qui avait égorgé au couteau, silencieusement, nos sentinelles. Il fallait sauter à cheval. Je jetai un dernier regard sur ce corps superbe et mutilé, immobilement pâle pour la première fois sous les yeux d'un homme. Mais, avant de partir, je ramassai ce pauvre coeur, qui gisait à terre dans la poussière, et avec lequel ils auraient voulu se poignarder et se déchiqueter, et je l'emportai, ce coeur d'un enfant qu'elle avait dit le mien, dans ma ceinture de hussard. " Ici, le chevalier de Mesnilgrand s'arrêta, dans une émotion qu'ils respectèrent, ces matérialistes et ces ribauds.

" Et la Pudica?... dit presque timidement Rançonnet, qui ne caressait plus son verre.

- Je n'ai plus eu jamais des nouvelles de la Rosalba, dite la Pudica, répondit Mesnilgrand. Est-elle morte? A-t-elle pu vivre encore? Le chirurgien a-t-il pu aller jusqu'à elle?

Après la surprise d'Alcudia, qui nous fut si fatale, je le cherchai. Je ne le trouvai pas. Il avait disparu, comme tant d'autres, et n'avait pas rejoint les débris de notre régiment décimé.

- Est-ce là tout? dit Mautravers. Et si c'est là tout, voilà une fière histoire! Tu avais raison, Mesnil, quand tu disais à Sélune que tu lui rendrais, en une fois, la petite monnaie de ses quatre-vingts religieuses violées et jetées dans le puits.

Seulement, puisque Rançonnet rêve maintenant derrière son assiette, je reprendrai la question où il l'a laissée: Quelle relation a ton histoire avec tes dévotions à l'église, de l'autre jour?...

- C'est juste, dit Mesnilgrand. Tu m'y fais penser. Voici donc ce qui me reste à dire, à Rançonnet et à toi: j'ai porté plusieurs années, et partout, comme une relique, ce coeur d'enfant dont je doutais ; mais quand, après la catastrophe de Waterloo, il m'a fallu ôter cette ceinture d'officier dans laquelle j'avais espéré de mourir, et que je l'eus portée encore quelques années, ce coeur, - et je t'assure, Mautravers, que c'est lourd, quoique cela paraisse bien léger, - la réflexion venant avec l'âge, j'ai craint de profaner un peu plus ce coeur si profané déjà, et je me suis décidé à le déposer en terre chrétienne. Sans entrer dans les détails que je vous donne aujourd'hui, j'en ai parlé à un des prêtres de cette ville, de ce coeur qui pesait depuis si longtemps sur le mien, et je venais de le remettre à lui-même, dans le confessionnal de la chapelle quand j'ai été pris dans la contre-allée à bras-le-corps par Rançonnet. " Le capitaine Rançonnet avait probablement son compte.

Il ne prononça pas une syllabe, les autres non plus. Nulle réflexion ne fut risquée. Un silence plus expressif que toutes les réflexions leur pesait sur la bouche à tous. , Comprenaient-ils enfin, ces athées, que, quand l'Eglise n'aurait été instituée que pour recueillir les coeurs - morts ou vivants - dont on ne sait plus que faire, c'eût été assez beau comme cela?

" Servez donc le café! dit, de sa voix de tête, le vieux M. de Mesnilgrand. S'il est, Mesnil, aussi fort que ton histoire, il sera bon. "